「自分らしさ」はいらない

くらしと仕事、成功のレッスン

松浦弥太郎

集英社文庫

目次

CHAPTER2

「心を働かす」のは、仕事のきほん 61

CHAPTER3

はじめに

「自分らしく生きよう」
「自分らしさを大切に」
「自分らしさを失わずにいたい」

こんな意識をもつ人はたくさんいますし、それは当然のごとく、正しいことだととらえられています。

しかし、はたして、そうでしょうか？

朝、目が覚めたら自分らしい服を着て、自分らしくちょっとこだわりのコーヒーを飲み、自分らしい会社に行って、自分らしさを発揮しながら働く——。

まるでかっこいいテレビコマーシャルのようですが、僕はとても不自由な気がします。きゅうくつでたまらない、とすら思います。

仮に、ドリップ式でじっくり淹《い》れたコーヒーが自分らしさの一端だとしたら、駅の自販機の缶コーヒーは、「らしくない」のでしょうか?

人は、そんな単純なものではないはずです。

ある日はていねいに淹れたコーヒーをおいしく味わい、ある日は甘すぎる缶コーヒーをホームで一気飲みする。どちらであろうと自由でいられる人がすばらしいし、自分もそうありたいと願っています。


「個性を大切にして、自分らしくありたい」という思いは美しい呪縛みたいなもので、必要以上に人を力ませます。

力むことと、一生懸命になることは違います。

肩に力が入った状態で、すてきなことはできません。いい仕事も、おいしい料理も、すこやかな人間関係も、かたちにならないのではないでしょうか。

何もしないうちから「自分らしくやろう」と思った時点で不自然になり、結局、なにもできなくなってしまいます。

「どうすれば自分らしいのか？」などという意識を捨てて、夢中でやる。

自分らしさにこだわる余裕などないくらい、没頭し、楽しむ。

そのはてにある実りこそ、自分らしさではないだろうかと、僕は考えています。

つまるところ、自分らしさとは、結果論です。

自意識を捨てて、精一杯やったとき、他人が「あなたらしい」と言ってくれるもの。それが本当の自分らしさだと思うのです。

そうであれば、自分が思う「自分らしさ」は邪魔者にすぎません。


「何かを始めたいなら、『自分らしさ』など捨てたほうがいい」


このルールを発見した時、僕は自由になりました。

「なんにでもなれる。なんでもできる」

可能性が無限にひらけてきたようで、心がおどりました。

こんなことを書いていますが、僕もかつては、自分らしさにこだわり続けていました。

「このやり方は、僕らしくない」

「こんな文章を、僕は書かない」

若い頃はそうした思いにとらわれ、自分で自分を縛りつけていたのです。

もしも、「自分らしさを捨てる」というルールを発見せずにいたら、僕は何ひとつ始められず、立ち止まったままだったことでしょう。

自分らしさを捨てようと決めてからも、人にずいぶん、「松浦弥太郎らしさ」について言われました。

わかりやすい例をあげれば、キャリアについて。

「エッセイ以外の本を書くなんて、弥太郎らしくないよ」

「『暮しの手帖《てちょう》』の編集長？　松浦さんらしくない」

「ウェブメディアは松浦弥太郎のイメージと違う」

僕としてはいずれも、「世の中の役に立つことを精一杯やる」と決めて飛び込み、努力しているだけなので、そうした声が不思議でした。

書店も雑誌もウェブメディアも、その先にいる人のため。

「どうしたらみんなに喜んでもらえるか？」という新たなるチャレンジに夢中で、それが自分らしいかどうかなど、僕にとってはどうでもよかったのです。

不思議なことに、信じて続けていると、いつのまにかまわりの人にとっても、違和感がなくなっていくようでした。それどころか、どのキャリアについても、「松浦さんそのもののお仕事ですね」などとほめていただくまでになったのです。


「自分らしさを捨てれば、自分らしさが更新され、自分らしさが広がる」


僕のルールブックに、新たな法則が加わりました。

これは、仕事に限った話ではありません。

身だしなみ、立ち居振る舞い、考え方、生き方、人とのつきあい方。

いつしか似合わなくなったいつかの「自分らしさ」を捨て、今の自分がよいと信じたものを選ぶ。そうすることで、新しい自分らしさができていきます。

この本は、自分らしさを捨てて、可能性を広げるためのヒント集です。

「自分らしさ」にこだわりすぎる人は、ルールに縛られていることが多いので、具体的には心のつかい方について書いていきます。あなたのくらしと仕事に、ぜひ役立てていただきたいと思います。


いまの世の中は、どんどん変わっていきます。

自分らしさを捨て、アップデートしていかないと、置いてきぼりになり、途方にくれる、そんなこわさも秘めています。

逆に言えば、自分らしさを捨てて自由になれば、あらゆる可能性が広がる。

一生、新たなチャレンジを続けられる。

僕はそう信じています。

松浦弥太郎

「自分らしさ」はいらない

くらしと仕事、成功のレッスン

CHAPTER I

ようこそ！「心で考える」へ

頭で考えることの限界

心のつかい方を学ぶ

たしかに、断固として、絶対に存在してはいるけれど、決して目に見えないもの。僕たちの心とは、そんなものだと思うのです。

心が大切であること、心がかけがえのないものであることは、誰もが直感的にわかっているはずです。それなのに、「心とはなんだろう?」となると、とたんに摑《つか》みどころのない話になってしまいます。

定義にもよりますが、「頭のよさ」をはかる物差しはいくつもあるのに、「心のよさ」をはかるものはありません。テストもなければ、教科書もない。誰かに教わるというものでもない——。

心がない人は、どこにもいません。みんなが同じように、心を持っています。

それでも、その心を上手につかっている人と上手につかえていない人がいる。

心について思い巡らすうちに、そう感じるようになりました。だからこそ、心についてもっと自分でもっと学びたい。ある頃から、僕はそんなふうに考えるようにもなりました。


僕の知っている心を上手につかえている人というのは、自分の心はどんなものかを知り、自分の心と仲良くして、自分の心に正直に生きている人です。彼らはまた、自分らしく生きている人であると同時に、いわゆる成功者でもあり、僕が尊敬し、憧れてやまない人ばかりでした。彼らは、頭で考えるだけではとうてい達することができない高みに、やすやすと足を踏み入れています。

すてきな人が、すてきである理由。

高い志をもち、それを具現化している理由。

それは、もしかしたら心をつかったからではないか？

あらゆることを、「心で考えて」いるのではないか？

僕の中に生まれた仮説は、いつしか大きな発見となりました。

心とは、「感じる」という受動的な役割のものだと思う人がいるかもしれませんが、能動的なものでもあります。心を働かせたり、心をつかったり、心を配ったり。こうした能動的で積極的な営みをまとめて、僕は「心で考える」と呼んでいます。

たとえていうなら、僕たちは一人一人、「心」という車を持っています。僕たちは歩くことも走ることもできますが、心という車があれば、もっと遠くまで行けます。乗り心地がよくてくたびれないし、世の中を気持ちよくドライブすることも可能です。

心という車のハンドルを握れば、道端で途方に暮れている人がいたら乗せてあげて、道中はおしゃべりを楽しみ、つながりをもつこともできます。どうやったところで抱えきれないような重たい荷物も、心という車があれば、すいすいと運べるのです。

ガソリンも必要ないし、形のあるものではないけれど、車どころか觔斗雲《きんとうん》のように空すら飛べる。心とは、無限の可能性を秘めた自由な乗り物です。

こんなにすてきな、自分だけの特別仕様の心という乗り物がある。なんとも、幸福なことではありませんか。

ところが、いつだって運転できる心に、「乗ったことがない」「乗り方を知らない」という人たちも、たくさんいます。実は彼らのほうが、多数派かもしれません。人から借りた車でドライブを続けていたり、「知識」という名の性能が限られた車で満足していたり、「常識」というみんなが同じ場所に行く満員の電車しか知らなかったり。

彼らは頭ばかりつかっているから、自分が今乗っている不完全な車に満足し、ぎゅうぎゅうの電車に乗ることが「正しい」と信じているかのようです。本当は、心という自分だけのすばらしい車を持っていることに気づかないままで。これは、どうにももったいなく、もどかしい話です。

もちろん、頭をつかうことも必要ですが、頭だけではどうにもならないことがたくさんあります。それにとっくに気づいていながら、僕たちはついつい、頭ばかりつかってしまいます。あげくにバランスを崩し、解けない問題を抱えたまま、行き詰まってしまっているのです。

しかし、心のつかい方を身につければ、自分のバランスが整ううえに、これまでと違う解決策が見えてくる。僕にはそう思えてなりません。

心には限界がない

「ヤンキー・スタジアムのグラウンドで、いつか一流選手としてプレイする」

普通の大人が考えたら、いや、考えるまでもなく不可能です。

野球が好きであること。並外れた身体能力とセンスがあること。何年にもわたって凄《すさ》まじいトレーニングを積むことはもちろん、運のよさも必要でしょうし、年齢的な問題もあります。

「ええっ、ヤンキー・スタジアムでプレイ？　無理無理」

たいていの人は想像もできず、あきらめます。あきらめるどころか、「関係ない」と笑っておしまいかもしれません。

しかし「不可能」と思うのは、頭をつかっているからです。

心をつかえば、少なくとも想像はできます。たとえ東京の地下鉄に乗っていても、想像の世界では、夏のニューヨークのヤンキー・スタジアムで、観客の大歓声と熱気に包まれ、マウンドに立つことが可能です。キャッチャーのサイン、電光掲示板の強い光、強打者がガムを噛《か》んでいるリズミカルな顎の動き、そんなものまでありありと感じ取ることができます。

頭より心のほうが、可動域が広い。

いいえ、心には限界がないのです。

夢を叶《かな》える人と、夢みるだけで終わる人の違いは、ここにあると僕は思っています。頭だけをつかっているか、心と頭をつかっているかの違いです。

頭をつかって出すアイデア、頭をつかった選択、頭をつかって設定した自分の目標。頭で考えることは、たかが知れているのです。

頭で考えている限り、「がんばったところで、夢や目標には全然届かない」と頭で結論づけてあきらめてしまいます。

しかし、心には限界がないから、心で考えれば自分の枠を超えることができる。より大きな夢や目標を思い描き、それを現実にすることもできます。

誤解がないように付け加えておけば、これはスピリチュアルな世界で言われる「思えば、叶う」という話とは少し違います。

心で考えるとは、限界がないという心の特性を生かして大いに想像するだけではなく、はっきりと能動的な意志の力を加えることです。

おおらかな想像に、「自分が信じたことは絶対にやり遂げる」とか、「自分が思い描いた場所に必ず行き着く」という意志と執念を付け加えること。それが心で考え、心を働かせるということです。

心で考えれば、頭で考えたらどうやっても無理なことができてしまいます。

頭だけをつかっていたら不可能なこと、理屈に合わないことも、心をつかえばできてしまいます。

「そんなばかな」と、あなたは思うでしょうか？

しかし、自分の能力を一〇〇パーセント、完全に把握してコントロールしている人はいません。

たとえば、これまでのあなたの人生は、頭で考えたとおりに動いてきたでしょうか？　思いがけないアクシデントがあり、頭で立てた計画どおりにいかず、方向が変わったこともあったはずです。逆に、頭では考えてもみなかった幸運や、自分自身でも予想していなかった頑張りで、「できない」と思っていたことができた経験もあるのではないでしょうか。

僕たちは、どこかしらでちゃんと心もつかっているのです。頭で考えたら「ノー」だという問いに、心で考えて「イエス」と答え、結果として思いがけない宝物を得た——そんな経験がある人は、少なくないはずです。

まだ未開発で、自分も知らない自分の能力をつかう。

心を働かせるとは、そんなことだと思うのです。

心のスイッチはいつ入れる？

僕たちのほとんどは、頭でばかり考えているので、意識的に心で考えるよう、スイッチを入れなければなりません。

「さて、心のスイッチを入れよう」

僕がそう思うのは、自分の可能性を伸ばしたい時です。仮に僕がいま二五歳で、どこかの会社に勤めているのであれば、すぐに心のスイッチを入れて働こうとするでしょう。

僕は一〇代で社会に出たので経験がないのですが、まわりの若い人に聞くと、就職して三年くらいで、行き詰まった気持ちになるそうです。

みんな頑張って勉強して大学に入り、頑張って就職活動をして会社に入ります。

日本の企業は新卒にやさしい仕組みだから、入社して三年目くらいまでは、会社があれこれ教え、面倒をみてくれます。

しかし、問題はそれから。「あとは自分自身の力でやっていくように」と求められ、ある種の保護がなくなるのです。

ぽんと放り出された若い人たちは、自分の力を試し、可能性を伸ばそうとします。するとたいがい、頭のつかい方の競争になります。理由はシンプルで、これまで勉強という頭で考える競争ばかりしてきたために、他のやり方を知らないのです。

ところが、頭のいい人というのはたくさんいます。もしも頭のつかい方だけで勝負をしようとしたら、ほとんどの場合、打ちのめされてしまうでしょう。どうやったところで歯が立たない頭のいい人たちを前に、「絶対に敵《かな》わない」と認めるしかないのです。おそらく、ひどい挫折感を味わうことでしょう。

村でいちばんの秀才も、都会に出たらたくさんいる頭のいい人の一人に過ぎず、国でいちばんの秀才も、世界に出たらありふれた頭のいい人の一人に過ぎない。これはよく言われる話で、頭の競争でトップを切って走れる人は、世界でもほんの一握り。仮に今はトップでも、頭のいい人は次から次へと出てきますから、「永遠に全力疾走してもどんどん抜かれていく」という非常に辛《つら》いレースとなります。それに気がついたとき、多くの若い人は会社を辞めてしまうのかもしれません。

しかし、勝負を投げ出すのは早計です。自分の心の働かせ方、自分の心のクオリティで、可能性を伸ばしていく。頭から心にスイッチを切り替えて、頑張ってみることもできるはずです。

これからの未来を考えると、情報や知識はすぐに手に入り、共有できるようになっていきます。簡単に手に入らないものを自分で持たない限り、抜きん出た存在にはなれないし、自分の力で世の中を泳ぎ切れない。すでにそんな時代となっています。

頭で考える競争から「一抜けた」をしてスイッチを切り替え、心で考え始める。すると、簡単に手に入らないオンリーワンのアイデアや働き方ができるようになります。自分というオリジナルの「個」で勝負できるようになります。

こうなると、「勝負」といっても誰がいちばんになるかという単純な話ではなくなり、それがいっそう面白いところだと僕は感じます。

昔から、何かを成し遂げた人や歴史を動かした人は、意識していたか無意識かはわからないけれど、心で考えるスイッチを入れた人ではないでしょうか。

すべての新しい価値観は、最初は曖昧なものです。そんなぼんやりとしたものを「すてきだなあ」ととらえ、その心に従って意思決定をした人。「すてきだなあ」という気持ちを信じて、世の中に心で考えたことを発信していった人。彼らが新しい価値観をつくり、世の中を動かしていったのではないでしょうか。

あなたが今、二五歳でも五〇歳でも、これからの時代に何かを成したいのなら、心で考えるスイッチの入れどきです。

頭と心のスイッチを切り替えることは難しいけれど、切り替えやすくするためには、いつも穏やかな「プラスマイナスゼロ」の状態でいることが一番です。

頭は働いていて、冷静な計算はするけれど、人として温かい。

心は働いていて、感情豊かではあるけれど、感情に流されない。

攻撃的でもなく、詮索することもなく、喜怒哀楽は表に出さない。

常に丸く穏やかなバランスのとれた状態でいれば、必要に応じて頭と心のどちらにもスイッチが入れられます。言葉を換えると、状況に合わせて最適化できるということです。

優れたリーダーやすばらしいプレイヤーはそんな人たちであるし、僕もいつか、そんな人の一人になりたいと憧れています。

新しいことには
心で
取り組む

「頭ばかりでなく、心で考えよう」

僕はかなり前から、こう発言していました。自分自身に言い聞かせ、一緒に働く人たちにも声をかけていたのです。

しかし、いつのまにか、ただの掛け声になっていた。そう気づいた時には、おそろしくてなりませんでした。

僕は九年間、編集長として『暮しの手帖』という雑誌をつくっていました。

最初は試行錯誤で、おそらくむき出しの自分で、精一杯、心で考えていたように思います。

しかし、だんだんと手応えを感じ、やり方が整ってきた頃、僕は頭で考える部分が増えていることに気づきました。

「心で考えよう」と言っている、ほかならぬ自分自身が、頭でばかり考えるようになっている。その理由は、僕が自分のささやかな経験や、いくばくかの成功例に頼り始めたためでした。

経験や実績という砦《とりで》は安心できるし、居心地のよいものですが、そこに安住してしまうと、どこへも行けなくなります。人は弱い生き物だから、たとえ可能性が狭められるとしても、安定した居場所にしがみつくのです。

僕にしてもそうでした。若い頃からずっと、「同じところにいたら、落ち着けるけれど飛躍はできない」と自分に言い聞かせていたのに、いつしか居心地よい場所に閉じこもり、外の世界を見なくなっていたのです。それに気がついた時、大きな軌道修正をしようと、自分に問いかけました。

「この砦を自分の最後の城と思うか？」

「まだ見ぬ世界に飛び出すか？」

それは個人の選択だと思いますが、僕が選んだのは後者でした。

二〇一五年三月、僕は『暮しの手帖』編集長の職を辞しました。

飛び込んだのは、まるで未知のＩＴの世界。

それまでの僕はネットをほとんど使わない生活をしていたのですから、アドバンテージはまったくありません。むしろハンディがあるくらいです。

雑誌とインターネットは双方、「その先に人がいる」というメディアですが、仕組みは異なります。

たとえば雑誌は、自分たちが手売りするわけにはいかないので、既存の流通の仕組みを通じて読者に届けることになります。自分たちと読む人の間に取次という問屋や書店が入るわけで、「読者とダイレクトなやりとりをする」というには距離がある。フィードバックが来るスピードも遅く、それに応えるにも時間がかかりました。

いっぽう、ネットの世界は、たった今、自分が思いついたことを、即座に書き込んで発信し、それに対してすぐに読者からレスポンスが来ます。これまで、遠い世界にいた読者が、ぐっと近くなった。膝を突き合わせて一対一で話しているような距離感に変わったのです。

ＩＴの世界の「ゲーム」は、ルールも違うし、道具も違うし、スコアボードのつかい方も違う。今までは一〇〇点満点を目指していたけれど、点数の数え方すら違います。

新しいゲームに参加したのですから、これまでのやり方や培ったセンスでは歯が立たない。頭をいくらつかっても、どうしようもないのです。自分の能力、キャリア、経験値、知識、都合、環境、情報。頭から生まれるすべてのツールを総動員しても、何ひとつ役に立たない。

結局のところ、頭を空っぽにして自分をゼロにし、心で考えるしか、できることはない。

それは僕が新しい世界でゲームに参加するにあたってできる、唯一無二の、そして一番大切な準備でした。

自分のメモリをいったんゼロにしないと、新しい発見はできない。

そして、自分のメモリをゼロにしたとき、安全装置のようにたくましく動き出すもの、それこそ心だとも思うのです。

自分らしさを捨てると世界が広がる

ＩＴの世界自体が、歴史がないぶん、「ゼロから始める」という基本姿勢を持っているように感じます。

何をどうやったら、自分たちのサービスなり仕事なりを信用し、利用してもらえるかを、ＩＴの世界の人たちは、とても苦労して考えています。

なぜならＩＴとは、水や電気のようなインフラではなく、食べ物や生活道具のような必需品でもなく、「新しい価値」を生み出し、先回りして差し出す仕事だからです。

「新しい価値」となるようなアイデアは、過去を紐解《ひもと》いても見つかりません。

「今」をつぶさに見ることが、何よりも大切です。

「今」を見るとは、簡単そうで本当にむずかしいことです。

人が一日に何回呼吸して、何回瞬《まばた》きをするかまで数えるように、しっかり集中して観察しなければ、「今」は見えてきません。人が心で何を求め、何を嬉《うれ》しいと思い、何が悲しいのかを汲《く》み取《と》らなければ、新しいアイデアは生まれないのです。

アイデアを出そうというとき、最初はみんな知恵を絞り、頭をつかっていろいろやるけれど、うまくいかないものです。あなたにも、そんな経験があるのではないでしょうか。おそらく、頭で考えるとは、ものごとに「自分」という物差しを当てはめることだからでしょう。

「自分の頭」という過去でできた代物が基準では、新しさのすべてをはかることはできません。

いろいろな経験やキャリアを積んでいくと、人はあらゆるものを「自分フィルター」を通して解釈するようになります。ありのままを素直に受け取らず、たとえ未知のものであっても、自分で勝手に「ああ、それはこういうことね」と解釈してしまうのです。

たとえていうなら、いまだかつて食べたことのない味のサラダを食べた時、「珍しい味だけど、ちょっとパクチーに似ている」と自分のフィルターに通し、「パクチーのサラダ」と解釈してしまうようなもの。そうすると、新たな未知の香草を知るチャンスは失われます。しかし、自分のフィルターがなければ、「新しい香草のサラダ」と素直に受け止め、新しい料理を知るチャンスが生まれます。

アイデアを生み出したいのなら、どんなに偉くても、どんなにキャリアがあっても、どんなに知識が豊かでも、無知な自分になることがとても大切です。

それにはプライドを捨て、自分らしさを捨て、自分をゼロにすることです。

アイデアというのは、とても幅が広くて、すべてが新発明で特許が取れるようなものとは限りません。

多くのアイデアは、世の中に埋もれているものに対する気づきです。先入観がなく、素直であればあるほど、はっとする気づきがたくさん見つかります。アイデアが仕事を支え、仕事の密度を濃くしていきます。

この世の中には、なにかがきちんと見えている人、新しさを確かめているすごい人がいます。そういう人たちは、誰も気がついていなかったけれど、ずっと欲しいと思っていたものをすっと見つけ出し、アイデアとしてかたちにし、僕たちにプレゼントしてくれます。

彼らを観察していてつくづく思うのは、「いかに自分をゼロにするか」に心を砕いているということです。

決して偉ぶらず、高い場所からものを言うようなことはしない。目線と腰の位置をつねに低くし、ゼロに近づける。

「自分が、自分が」という意識がない。

「自分の都合」や「自分が楽しくて嬉しいこと」よりもまず、「世の中のみんなが嬉しいこと」を考える。

つまり徹底的に、ある種の自己否定をしているのです。

自分をゼロにするという、新しい自己否定。プラスもマイナスもなく、空気のように水のように無色透明だから、それだけいろいろなものが見える。ゼロの自分になれば、知識も情報もプライドもないから、頭で考えることはできなくなり、おのずと心で考えることになる。
それこそ、心で考えてアイデアを生み出す秘密なのかもしれません。

心で考えるための基本姿勢

心で考えるとは、想像力と感受性を働かせることでもあります。

私たちのほとんどは、頭だけで考えていて、心では考えていません。言ってみれば、「心は休業状態」です。

休業であっても、心は動きます。すてきな人、刺激的な出来事、旅の光景、愛らしい動物、おいしい食事など、何かの刺激を受けたときには、喜んだり、感動したりします。辛い出来事、棘《とげ》のある言葉、痛ましい光景には、悲しんだり、怒ったり、傷ついたりもします。

しかし、これらはあくまで受け身の心の動きであって、自分からすすんで心を働かせているわけではないのです。心で考えている人は、自ら発信することでまわりの人の心を動かすことができますが、心が休んでいる人は、誰かに与えられたものに感動したり、失望したりするだけ。

「うわあ、すごいですね」

「本当にそうですね」

「なんてひどいことでしょう」

出てくるのは、自分の意見ではなく、何かに対しての感想ばかりになります。自ら働きかけず、受けてばかりというのは、不自然な状態ではないでしょうか。


とはいえ、ずっと休業していたのに、ある時点でぱちんとスイッチを切り替えるように、心で考えられるようになる人もいます。そういう人はどんどん伸びていくし、これまでつかっていなかった能力が一気に噴き出すようです。

「そのスイッチとは、なんだろう？」

僕なりに考えた答えは、プライドを捨てること。

まわりのすごい人たちを見ていてその仮説を得たのですが、自分自身、そうせざるを得ない場面に直面してもいました。

二〇一五年の春、僕は「四九歳の新入社員」という立場にありました。伝統ある雑誌の編集長から、ＩＴ企業の一社員に。環境は、ずいぶんと変わりました。

平均年齢三〇歳前半の会社で、二〇代ばかりの新入社員に交じって前に並び、入社の挨拶。

「〇〇大学〇学部を卒業しました、〇〇です」という人たちに続き、「『暮しの手帖』から来ました、松浦弥太郎です。今日からよろしくお願いします」と自己紹介し、一緒にオリエンテーションを受けました。

編集長だった頃は個室を使わせてもらっていましたが、新入社員にそんな待遇があるはずもありません。大勢が座るフロアで、引き出しも電話もない机が与えられ、席を並べるのはやはり若い人たち。

やがてプロジェクトチームができて、一緒に働くメンバーも決まりましたが、僕にあるのは、「今日も一緒に頑張ろう」という気持ちだけでした。

プライドにしがみついて、ちょっとしたパーティションで仕切られた〝いい席〟をもらうような、〝上の人〟という待遇を望めば、叶ったのかもしれません。しかし、入社したばかりの僕は、まったく収益を上げていない立場であり、毎日、会社のお金をつかわせてもらっているうえに、給料までいただいています。みんなと一緒の席で当然という思いでした。

「そんなこと言ったって、目に見えない価値を生み出しているでしょう。松浦さんが来たというだけで、企業がイメージアップした部分もあるでしょう」

親しい人が心配してくれましたが、ビジネスとしてのマネタイズを生んでいない以上、「僕はここにいるだけでいい」などという甘い世界ではないとわかっていたということです。

さらに僕は、実質的にまったくの新入社員でした。入社前に猛勉強をしてかなり知識を蓄えていたとはいえ、テクニカルな面についてはまだまだ素人。いつでも頭を下げて、人に「教えてください」「ここがわからないから、助けてください」と言わなくては、できないことだらけです。もちろん、こまごまとした雑務も自分でやらなければ、代わりにやってくれる人などいないのです。

わからないことを「わからない」と正直に言うこと。

「自分のキャリアはこうだ。こんなことをやってきた」と経験を盾にしないこと。

「君たちとは違うんだ」みたいなプライドを捨てること。

「自分らしさ」を捨てて、何者でもない自分になること。

これこそ、新しい場所でやっていくために、絶対的に必要なことでした。

会社は友達を作る場所でもないし、いつも笑顔で過ごす必要もないけれど、助けてくれる人たちと仲良くしようと、二〇歳以上年下の人たちと一緒にランチに行ったりもしました。


自分らしさを捨てると、空気のようにその場に溶け込める。すると新しい職場や新しい環境に馴染《なじ》むことができますし、詳しくは次のチャプターで書きますが、仕事において直接的な効果も生まれます。

プライドを捨てることは難しい。だけれど、思い切って捨ててしまった時の軽やかさはすばらしいものです。解放され、自由になり、今まで見たこともない魔法のモビルスーツを身にまとったごとく、すいすい動けるようになります。心が伸びやかに考え始めるさまが、ありありと実感できるのです。

最後の意思決定をするのは、心

ここまで読んで、「自分は頭でしか考えていないな」と思った人でも、ちゃんと心で考えている場面があります。それは、何か意思決定するときの最後の一押しです。


転職をするか、今の職場でもう少し頑張るか。

あの街に引っ越すか、別の街を探すか。

この人と一緒に暮らしていくか、別の相手を探すか。

僕たちは人生の中で、いくつか大きな意思決定をします。意思決定までの助走期間はたいてい、いろいろな情報を集めたり、誰かの意見を聞いたり、親しい人に相談したり、頭でとことん考えることでしょう。つまるところ、頭をフル稼働させて、考えて考えて、悩むのです。

しかし、意思決定の最後の最後、踏み切ってぽんとジャンプし、「こうしよう！」と決めるのは、頭ではありません。自分に最後の一押しをするのは心です。

頭でどれだけ考えてもなかなか答えが出なかったのに、ふっと心の中から答えが浮かびあがってきた、そんな経験が、あなたにもあるのではないでしょうか。

僕たちは、本当に大事なことについてさんざん頭で考えますが、最終的には心で考えて意思決定しているのです。

意思決定する際の「核」はおそらく、情報を理性で分析する性質を持つ、頭の中にはないのでしょう。感受性や洞察力などを備えた心の中にこそ、意思決定の「核」があるのです。僕らは耳をすませて心の中の「核」から聞こえてくる声を受け止め、大切なことにイエスやノーを言っている。僕はそう感じます。

意思決定はまた、仕事の場でも重要なものです。アイデアでも、働き方でも、「こうしよう」と自分の背中を押さないと、スタートを切ることはできません。

頭で考えたアイデアのほとんどは、今すでに世の中にある材料からできているものので、「雰囲気はいいけれど、どこかで聞いたことがあるな」というものだったりします。これはそこそこ売れるかもしれないけれど、すばらしいものにはなりえない。自分の心で意思決定したアイデアやサービスを提供しなければ、本当に新たな価値観を生み出したり、人を感動させたりすることはできないのです。

さあ、あなたは、どうでしょう?

これまで無意識に、心で考えて意思決定をしていたのなら、これからは意図的に「心で考え」、意思決定をしようではありませんか。そうすれば、真に自分にふさわしい道を選んだり、人を喜ばせ、世の中の役に立つ提案をしたりできるようになるはずです。

心は成長しない

「意図的に心で考えよう」などと書くと、トレーニングのようですが、心は鍛えるものではありません。

なぜなら僕は、「心とは成長しないものだ」と思っているからです。

「心の成長」というフレーズは、みんなが当たり前のように口にするものですから、「えっ？　松浦さん、何言ってるんだ」と思う人もいるかもしれません。

でも僕は、こんなふうに思っています。心というものは、生まれながらに持っている、無垢《むく》でありのままのものだと。その人そのものの、ずっと変わらないエッセンスだと。

心境というのはその時々で変わるけれど、心の本質は変わらない。

たとえば、徳の高いお坊さんは長い修行の結果、心を成長させたと思いがちですが、その「徳の高さ」「心の美しさ」とは、もともと心の中に備わっているもの。もちろん、「邪悪な考え」「うしろ向きな気持ち」「怠けごころ」なども備わっていれば、「親切な心」「思いやり」など、さまざまなことが心の中には備わっているのです。それらがその時々で表れ出てくるのだと僕は思うのです。表れ出てくるものは人によって特徴があり、それが、人それぞれの「心の本質」というものなのでしょう。

だから心を鍛えることはできないし、「どんどんつかって、心のパフォーマンスを上げる！」など、ありえない話だと感じます。

逆に言うと、心は鍛えたりしなくても、ただつかうだけでいい。自分の中に生まれながらに備わっているのに、まだあまりつかわれていない、手つかずの宝物をつかってみる。そんな感覚です。

心と頭の関係は、右手と左手の関係に似ています。右ききの人は右手ばかりつかいがちで、「たまに左手をつかおう」と思っても、ついつい、ぎこちなさがいやになり、慣れた右手ばかりをつかってしまいます。

しかし、慣れるまでの少しの間はがまんして、左手を意識的につかってみれば、新たな発見があります。次第に両手をバランスよくつかうようになると、右手だけつかっていた時より、もっといろんなものが作れるようになります。

心で考えるためのエンジン

心で考えて、暮らす。

心で考えて、働く。

心で考えて、人と接する。

それが今の僕にとっての「自分プロジェクト」で、日々、心で考えています。

たとえば僕は、紙の世界にいるとき、どうしたら人は喜んでくれるか、どうしたら人が信用してくれるか、一生懸命に心で考えて文章を書いていました。

一番大切なのは、真心を込めて正直に綴《つづ》る内容ですが、相手にとっての〝見え方〟についても、心で考え抜いていました。

そのひとつの表れが、漢字とひらがなのバランス。

縦書きがほとんどの紙の世界で、読む人が心地よくて、気持ちよくて、「ああすてきだな」と思えるバランスは、漢字が四、ひらがなが六くらい。そう思って文章を書いていました。

もしも僕が頭で考えていたのなら、これをどこにいっても当てはめて、絶対のルールにしたことでしょう。ウェブの世界でも「漢字が四、ひらがなが六。これが絶対に正しい割合だ」と決めつけ、同じやり方を押し通していたと思います。

しかし心で考えれば、そんなはずはないのです。

実際のところ、心をゼロにし、プライドを捨て、スマホを見る人の立場になって心で考えたとき、漢字とひらがなの割合は変わりました。漢字が三、ひらがなが七くらいと、ぐんとひらがなが増えたのです。

「移動しながら読むには漢字って見づらいから、ひらがなをもっと多く」

「一行の息が長い文章よりも、短い文章で書いていくほうが、読んでいて疲れない」

「五回もスクロールしないと結論にたどり着けない話はくたびれてしまう。もっとコンパクトにまとめよう」

こんな具合に、心で考えて調整していきました。

横書きになり、スマホの画面をスクロールして読む人にとっての快適さとは何か？　その答えを心で考えると、文章の書き方が以前とは違ってきたということです。結論は違っても、どちらも僕の心を働かせて意思決定した末に生まれた方法論です。

「松浦さんの文体、なんか変わったみたい」

「松浦さんでも、こんな文章を書くんですか」

いささか違和感を抱いて、そう言われることも稀《まれ》にありますが、僕にとってはどうでもいい話です。文筆家としてのこだわりなど、ありません。読む人が移動しながら読んでいて「気持ちいい」と感じてくれること、文章を読んで何かを感じ取ってくれることが大切で、松浦弥太郎らしかろうとらしくなかろうと、どうでもいいのです。文章は書いている自分のためのものではなく、読む人のためのもの。だから、自分らしさなどいらないと思っています。

そして不思議なことですが、どんなに文体が変わっても、文章の雰囲気を変えても、「やっぱり松浦さんらしい」と言ってもらうことがほとんどです。

それはたぶん、僕が心で書いているから。

自分のことを例にあげましたが、これは僕に限ったことでも、文章を書くことに限った話でもありません。

心をつかっている以上は、何をやっても、どんなかたちになっても、その人らしさはちゃんとそこに表現されます。心をつかえば、自分の表現が広がるし、自分の幅も可能性も広がると言えそうです。

感受性と想像力と愛情。この三つがエンジンとなって、心は働く。僕はそう思っています。

自分について思いを巡らせ、心を内向きに働かせても、自己愛がふくらむだけです。そこに喜びがあったとしても、自己満足という小さなものです。

しかし、相手について、世の中について思いを巡らせ、心を外に向かって働きかけていくことで人とつながれば、相手が感動してくれます。感動し、相手も心で考えるようになります。するとそこから生まれた何かが、いずれ自分に返ってきますし、世の中全体を少しよくしてくれます。

外に向かって心を働かせるためには、まわりの様子や相手の気持ちを察する感受性が大切です。

「あっ、こんな変化がある」

「この人は今、こんなことに困っている」

きめ細かに心で見抜く、感受性を研ぎ澄ましましょう。

さらに感受性だけではなく、想像力も必要です。

「こんな変化が起きたら、世の中はどう変わるか？」

「どうしたらこの人の困りごとが解決するか？　うれしくなるか？」

ありありと想像力を働かせなければ、行動することはできません。

そして、僕たちは予言者でも科学者でもないのですから、冷静に観察しているだけでなく、根っこには愛情が必要です。感受性や想像力から生まれたものだとしても、愛情を伴わない行動は、相手に届かなくなります。また、卵とニワトリの関係のような話ですが、愛情がなければ感受性も想像力も働かないものです。

さあ、どうでしょう？

心で考える世界とはどんなものか、伝わったでしょうか？

心で考える世界に、足を踏み入れる準備はできたでしょうか？

ずっと休んでいた心をつかい、いろいろなことを心で考えれば、違う景色が見えてきます。世界も、出会う人も、あなたも、変わっていくはずです。

CHAPTER 1 のおさらい

・心の役割は「感じる」という受動的なものだけではなく、能動的で積極的なものでもある。それが「心で考える」ということ。

・心には限界がないから、心で考えれば自分の枠を超えられる。より大きな夢や目標を現実にすることもできる。

・成功した人は、自分のなかの「心で考えるスイッチ」をオンにした人。

・自分のメモリをいったんゼロにしないと、新しい発見はできない。

・「自分が楽しくて嬉しいこと」よりも、「世の中のみんなが嬉しいこと」を。

・自分らしさを捨てることは難しいが、捨てた時の軽やかさはすばらしい。心が解放され、伸びやかに心で考えられるようになる。

・正しい道を選びたいなら、意図的に「心で考え」て意思決定をすること。

・心は鍛えたりしなくても、ただつかうだけでいい。

・感受性と想像力と愛情。この三つがエンジンとなって、心は働く。

CHAPTER2

「心を働かす」のは、仕事のきほん

成功する人は心で働いている

たとえば知り合いのいないパーティで、誰かに話しかけようという時。

小学生が新学期に、クラスの子どもたちのなかから友達を見つけようという時。

ただの知り合いから友達や恋人という関係へと、距離を縮めようという時。

僕たちはあらゆる場面で、相手を見抜こうとします。「この人はどんな人か？」を、なんとかして知ろうとするのです。

それは仕事の場でも行われており、就職の面接では、採用するほうもされるほうも、相手がどんな人かを知ろうとします。取引先の担当者が変わったなどという場面でも、「ふうん、どんな人なのかな？　やりやすいかな？　気難しいのかな？」と、相手についてあれこれ考えます。

仕事である以上そこには目的があるので、「ちゃんと成果をあげられる人か？」

「いいアイデアを持っていそうか?」「どんな強みがあるのか?」といったことも知りたくなると思います。

相手についての思索をつねに巡らせているのは、投資家たち。

投資家の多くは自分の事業で大成功を収めた人たちで、彼らはつくりだしたお金を自分の楽しみにつかうだけで終わらせたり、がっちりと貯め込んだりはしません。「自分のもとに集まってきたお金を、こんどは社会に循環させよう」という意識をもっているので、新しい事業の応援をするのです。その結果、事業家にとどまらず、投資家にもなるというわけです。

僕が尊敬する成功した人たちのなかにも投資家がいますが、彼らのもとにはたくさんの、やる気がある若い人が集まってきます。

「こんな事業をやりたいので、応援してください」

「このビジネスプランに出資してくださる人を探しています」

若き起業家たちは事業計画を携えて、熱心に投資家にアプローチするのです。

投資家が出資すると決めたなら、とても大きなお金が動きます。さぞかし思い切った決断がいることでしょう。

「毎日たくさん訪ねてくる起業家の中から、『よし、この人を応援しよう』と出資を決める基準のようなものはあるのでしょうか？」

僕はある時、尊敬する投資家に伺ってみました。事業のアイデアが斬新か、経営感覚が優れているか、相手を見極めるポイントはいくつもありそうです。

ところが、その人から返ってきた答えは意外なものでした。

「事業計画はまあ見るけれど、それは二の次だよ。僕が見ているのは、相手がどういう人間なのか。いざという時、自分の何を底力にするのかだね」

彼は続けて、教えてくれました。

「頭の賢さを底力にする人もたくさんいるけれど、心の働かせ方が底力という人は、きっと成功する。心の働かせ方の幅が広いか、奥が深いかもとても大切だ」と。

スタートアップのとき、その気になれば立派な事業計画などいくらでもつくれます。少し厳しく言えば、誰にでもつくれるし、付け焼刃のようなこともできます。

しかし、人間力は取り繕えません。志をどこまで貫けるのか。初心をずっと忘れずにいられるのか。逆境を乗り越えられるのか。その人の本質は、ごまかせないというわけです。

そこで投資家たちが見ているのは、その起業家は、「心がどのぐらいつかえる人なのか？」ということなのです。

起業家たちと面談しただけでそれを見抜けなければ、投資家としても成功しないはずです。きっと僕が尊敬するその投資家自身が、心を広く、深く、働かせているのでしょう。


僕は投資家ではありませんが、この年になるまで多くのすごい人たちから直接、サクセスストーリーを聞いてきました。そこで感じたのは、「成功する人に共通しているのは、頭のよさよりも、心のクオリティだな」ということです。ビジネスにおける競争とは、頭のよさの競争ではなく、心のよさの競争ではないでしょうか。

成功した人、すごい人というのは、心を人一倍働かせようと意識し、コンディションを整え、精一杯の努力を続けている人だと思います。成功する人は、体だけではなく、頭だけではなく、心が働いているということです。

心の働きで世の中が動いていく

これまでの世の中は、「動かす人」と「動く人」でできていました。発信する人がいて、受け取る人がいたともいえます。

世の中に発信し、人を動かすことができるのは、メディアだったり、政治家だったり、芸能人だったり、新しい商品を売り出す会社だったり。力を持つ少数の人が世の中に影響を与え、大多数の人はそれに動かされていたということです。

しかし、今は違います。

僕たち一人ひとり、つまり個人個人が「動かす人」になれる。全員が「動かす人」であり「動く人」でもあるという時代になったのです。個人がインスタグラムやフェイスブックなどのＳＮＳ、ＹｏｕＴｕｂｅなどで発信したことを、メディアが受け取り、再発信するという話も珍しくなくなりました。

個人のほうが情報量も発信力も影響力もある。そのぶん、テレビや新聞といった既存のメディアが、かつての影響力を失ってきています。

僕はメディアでコンテンツを作ったり、こうして文章を書いたりしているわけですが、絶えず注意しているのは、「教えてあげよう」あるいは「このメッセージを伝えよう」と思わないこと。そう思った途端、何ひとつ成し遂げられず、すべて無駄になるような気がしています。

教えてあげて、感謝されたい。こんなことを伝えて、すごいと言われたい。

それは作り手の目線ばかりが高くて、ひとりよがりなものです。作り手の「自分らしさ」へのこだわりが、空回りしてしまっています。情報が少なかった時代にはそれも一つの文化でしたが、いまや思いやりを持って相手のために発信する姿勢とは言えません。

印刷されたものが偉い、活字になったものには信頼性があるというのは過去の価値観で、やはり個人個人が動かす人になれる時代には、僕も「何億といる動かし手の中の一人に過ぎない」と肝に銘じています。

個人の動きが世の中を動かす。それならば、個人の動きとはなんでしょう？

僕が思うに、それは個人の〝心〟の動きに他なりません。

誰かのＳＮＳが、いきなり何十万人から注目され、世界中で話題になる。

それは、その人が心を働かせて発信したからだと思うのです。

頭だけで考えて、いくら斬新なこと、面白いことを発信しようとしても、既存のメディアよりも優れたことはなかなか出てきません。メディアや企業は頭をつかうプロフェッショナルが集まり、アイデアを送り出すシステムを持っているのですから、同じやり方を一人でやっても、なかなか難しいものです。

しかし、心の働きであれば、常に一対一の試合となります。プレイヤーその人の心のあり方が問われます。

この大きな変化に直面し、僕は今まで以上に心の働かせ方を学び、実践したいと思うようになりました。

心の働かせ方を学ぶのは、そう難しいことではありません。

人とコミュニケーションを取り、何か新しい価値観を探し、それをつかってこれまでと違うやり方で仕事をしてみる。この繰り返しです。

僕にとってこれはさほどの努力でもなく、若いころに戻ったような感覚です。

当時の僕は、英語も話せないまま、サンフランシスコやニューヨークを行ったり来たり。現地ではできる限り心を働かせ、挨拶をしたり、笑顔で相手の話を聞いたり、自分から近寄って溶け込もうとしたりして、なんとかして人とつながろうとしていました。なぜなら、それが生きる術《すべ》だったのです。

外国の知らない街で、言葉も通じない自分が一人で生きていけるはずもありません。友達や知り合いをつくり、自分の場所を見つけようとしていたのですが、それは頭だけをつかっていても無理でした。心をつかい、自分の精一杯や一生懸命を見せなければ、どうしようもない。心で考えて行動して初めて、その場に溶け込めるし、一緒にいさせてもらえる。また、「日本ではこうだから」という、ある種の自分らしさへのこだわりも、手放さなければなりませんでした。

あの頃の心の働かせ方を、今も毎日心がけ、実践しています。

継続ではなく新しさを探したい時。何かを始め、成功したい時。そんな時は、頭をつかうのではなく、心をつかうべきだ。そう気づいている人は、すでに増え始めています。

「当たり前」で「とびきり」なものづくり

仕事には「新しさ」が必要不可欠だと言われます。

新しいアイデア、新しい製品、新しいサービス、新しい人材、新しいプロジェクト。

メディアは、「常に新しいものを提供しないと飽きられるんじゃないか。新しさを見せることこそ自分たちの役割ではないか」と思い込み、ある種の強迫観念にかられているかのようです。

しかし、僕はちょっと違う意見を持っています。

さんざん雑誌を作り、今もメディアに関わっていて実感するのは、「人はまったく見慣れない初めてのものに対して、一切、興味を持たない」ということ。

なぜなら経験値がゼロだから、解釈しようがないのです。「へえ、新しいんだ」と感じるだけで、心の核までは届かないのです。

仮にウェブで料理について発信するとして、「最先端のフランス料理は、こんなにおいしく進化した」という記事をつくっても、専門家でない限り見向きもしないでしょう。雑誌だったら、ほとんどの読者はページを飛ばすはずです。

ところが、おみそ汁や卵焼きというよく知っている料理に新しさを付け加えると、大きな反響があります。「世界一おいしいおみそ汁」というタイトルの記事を作れば、みんな絶対に読んでくれるのです。

なぜなら人は、自分がよく知っているものをもっと知りたい気持ちが強いから。まったく知らない新しいことを知るよりも、よく知っていることのなかの新しさを知りたいのです。

よく知っていることのなかに、新しさを見つけ出す。これがヒットの秘訣《ひけつ》だと僕は考えています。ウェブや雑誌に限らず、製品でもサービスでも同じことです。

よく知っていることのなかの新しさを探すには、相手の立場に立って考えなければばなりません。

「この人たちが本当に必要としているものはなにか？」

「今、本当に欲しいと思っていて、目の前に持っていったら大喜びしてくれるものって何だろう？」

頭で考えても、なかなか答えは出てきません。もう一歩、ぐっと踏み込まないといけません。つまり、心で考えてみるのです。

よく知っていることのなかの新しさを探すといっても、相手が欲しいものを探すとは限りません。相手の困りごとを見つけ、解決策を見出すというのもあります。

「この人たちは今、何に怯《おび》えていて、何を不安に思っていて、何に怒っているんだろう？　何にイライラしているのか？」

頭で考え、見たことのないような道具をパッと出しても、こうした場合は役に立ちません。なぜなら、僕たちの困りごとというのは、日々の積み重ねや、過去とのつながりでできています。疲れておなかがぺこぺこの人に、「この一粒で必要な栄養は全部まかなえる」という新しいサプリメントを差し出しても喜ばれないのと同じです。生理学的にはそれで解決できるかもしれませんが、おなかが空《す》いている人を満たすには、あたたかいおみそ汁とふっくらしたおにぎりのほうが、効果があります。たとえ、新しいサプリメントより栄養価が低かったとしても。

僕は、ものづくりには限界があると思っています。

ものづくりの世界では極端なまでに新しさが求められ、競争のように新製品が開発されます。しかし、それは本当にユーザーが望んでいるものかというと、首を傾《かし》げます。みんなが欲しいもの、本当に望んでいるものは、もっと普遍的で当たり前で、よく知っているもののような気がするのです。

「ユーザーファースト」という言葉があります。単に新しさを追求していたら、それは本当にお客さまを優先することになるのでしょうか？　お客さまを置き去りにして、作り手だけが新しさに向けて全力疾走している、そんなひとりよがりなレースになってしまわないでしょうか？

よく知っているもののなかの新しさ。当たり前のなかのとびきり。

心で考えて、そんなものを探し続けようと僕は決めています。

人は「心をつかったもの」に時間とお金をつかう

「これこそ心で考えた働き方だ！」

僕が本当に感動したのは、ある料理人の、こんな言葉を聞いた時のことです。

「自分の料理をお客さまに食べていただいたら、その一週間後まで考えます」

さらりとそう言ってのける彼は、すばらしいと思いました。

料理人であれば誰しも、お客さまがお店に来て、食べてくださる時のことはしっかり考えます。

食材。味付け。旬。鮮度。

匂い。風味。舌触り。

あたたかいものは熱々に、冷たいものはひんやりと、という具合に提供するタイミングもはかり、器や盛り付けも吟味していることでしょう。

ちょっと気をつかう料理人なら「食後、胃にもたれないように」「今週は急に暑くなったから、バテないように」といったことまで意識しているはずです。

たとえば、遅い時間に疲れた様子のお客さまがパスタをオーダーしたら、消化がいいように理想のアルデンテよりちょっぴりやわらかく加減し、スパイスも控えめにするという具合です。

僕が感動した料理人も然《しか》りで、その料理が口に運ばれたあと、どういうふうに噛み砕かれて、どういう感覚で飲みくだされ、おなかの中に入って消化され、どうやって出ていくかまで考えています。さらに、その食べ物がその人の体の中でどう作用して元気になるか、一週間後のお客さまの体調までも考えている。これは簡単そうで、たいそう難しいことです。

心で考えなければできないことだと思いました。

「食べたお客さまに喜んでもらいたい」

それだけを目指すなら、頭で考えても、ある程度はできます。最初の一口だけがおいしければいいのですから。

食べてすぐ、「うまい」となるのは、刺激的で答えがはっきりしている味です。

「あっ、カレー味だ。うまい」

「辛い、激辛だ、ああおいしい!」

「肉汁がジューシーでたまらない」

僕たちは、ありとあらゆるおいしいものがある時代に生きているために、刺激に慣れています。「味を探しに行く」とか「素材を味わう」という感覚をいつしか忘れていて、食べてすぐ「おお、この味」と答えがわかるものしか、おいしいと思わなくなりがちです。わかりやすいものにしか反応できないというのは、感覚が麻痺《まひ》している証拠ともいえるでしょう。

しかし、こうした食べ物が、最後までおいしいとは限りません。

一口目はおいしいのに、最後は飽きてしまったり、食べた後でもたれたり。翌日、「ああ、食べ過ぎた」となることもあるでしょう。

少なくとも、食べ終わって、家に帰って、翌日から仕事をして、一週間たったときに、「ああ、あそこで食べてよかったな。コンディションがよくなって気持ちも体も整った」と思うことはないでしょう。

料理というのは、一口目だと味が薄くて「何だろう？」と思うけど、だんだん、じんわり味わいが広がっていき、最後の一口を飲み込んだ時、「ああおいしかった」としみじみ実感できるのが最良だといいます。

食べて一週間たち、「あのときのあの料理があるから、今の自分がいるんだな」と思ってもらえるなら、究極の料理でしょう。

そんな料理をつくるには想像力もいるし、お客さまへの愛情もいるし、料理についての信念も必要です。

志の高い料理人の話を聞いて、心を働かせる働き方について教えてもらったような気がしました。

心を働かせる働き方は、あらゆる仕事において大切なことです。

服であれば「わあ、いいな」と試着したときの喜びが、買って、着て、洗濯しても続くものが、すばらしいと思います。

本であれば、書店でパラパラ見て、「おもしろそうだな」と買って帰っておしまいではありません。家で読んでみてがっかりさせるのは論外ですし、「おもしろかった」と読み終わって後に何も残らないのもさびしい。

たとえ最初はわかりにくいとしても、読む人がなんとか理解しようと一生懸命に心を働かせ、その結果として幸せになったり、満たされたり、成長するような本が、すてきだと思います。

「読んだ時はぴんとこなかったけれど、何年かたったら意味がわかった」

そんな本が僕にもありますが、その出会いは大きな喜びです。

一瞬、盛り上がって恋に落ちても、たちまち飽きてしまう相手との関係は、美しいかもしれないけれど、一過性のものです。それよりは、知り合ってから少しずつお互いを知っていき、距離を縮め、生涯新たな一面を発見しながら相手について理解していく関係が味わい深いと思います。

道具でも、家具でも、デバイスでも、一瞬の便利や、その時の華やぎで終わるものと、買った人の人生にずっと寄り添い、相棒となり、やがてその人の一部となるようなものがあるはずです。

一生ものの宝石ではなく、たった一枚のシャツであっても、作り手が心で考えてつくったものが、つかう人の心に働きかける。この出会いは、幸福と言っていいのではないでしょうか。

本当に、心で考えてつくったものしか、相手の心までは届かないものです。

そしてこれからの世の中は、心で考えてつくったものにしか、人は時間とお金をつかわない気がしています。

心のアンテナで市場を読む

「いいものをつくるには、マーケティングが大事だ」

どこの会社でもそんな話が出ますし、ビジネスについての本にも書いてあります。

僕ももちろん、そうした数字を見ています。参考にはなるし、必要ではあるからです。

しかし、「これは過去のものだ」という前提をもって、マーケティングの結果を見ることにしています。データ収集とは時間がかかるもので、数ヵ月前、下手をすれば半年も前の話です。人の欲求や感覚は絶えず変化しているのですから、数字は正確にそれを反映するには無理があると考えています。すべてのマーケティング情報は、過去のデータとみなす。こんなスタンスです。

大事なことは、過去のデータで先を読めるかどうか。

過去のデータから法則のようなものを導き出して、それに当てはめて考えるのではなく、「こういう過去のデータがあって、じゃあこれからはこの人はどう変化していくのか？」という未来を読む。これこそ、本当の意味でのマーケティングではないでしょうか。

未来を読むわけですから、法則はないし、やり方はどこにも載っていません。頭で考えてもわからない。心で考えて、答えを見つけるしかないのです。

だから僕はいつも心のコンディションをキープし、心の感覚を研ぎ澄ませるようにしています。

心のアンテナは「高く、広く」という意識を持ちましょう。高く掲げると同時に角度を広げて、あらゆるデータをキャッチすることが大切です。また、大事な答えを導き出すヒントは電波よりもかすかで、キャッチするのが難しいもの。よくよく集中しないと、引っかかってこないのです。

世の中のみんなの欲しいものや困りごとと、自分自身の欲しいものや困りごとは、イコールではありません。世の中の求めているものは、自分の感覚の角度の外にあることのほうが多いはずです。

誰かの心が求めているものを察知するのは難しいことです。日常のくらしの中で、つい見過ごしてしまうようなことばかりかもしれません。

それでも、自分の心のアンテリを広げ、意識的に探し続ける。たゆみなくこの営みをくらしのなかで続けていくこと、それが本当に役立つマーケティングだと僕は思っています。

自分が常にいろいろなことに関わって、好奇心を広げて観察することによって、心のアンテナは広がっていきます。

「どれだけ相手の側に立てるか、どれだけリアルに相手の気持ちに入り込めるか」

すべてのアイデアのスタートはそこからです。

老人にも
子どもにも若者にも
女性にもなる方法

あらゆるアイデアには目的があります。そして、目的の先には必ず人がいます。

このアイデアを、どんな人のために発信するのか。

このプロジェクトが成功したら、誰が喜んでくれるのか。

アイデアは「誰かのため」という前提をもって、心で考え始めるといいでしょう。

そのうえで僕が真っ先に意識するのは、「目的のその先にいる人に、自分がどうやってなるか?」です。


たとえば僕が今やっている「くらしのきほん」というウェブメディアであれば、

「夜に発信するコンテンツはどんなものがいいだろう?」とは考えません。

「今、僕のメディアを受け取ってくれる人たちは、夜、どう過ごしているか？」
「それはどんな人たちで、何を感じていて、何に困って、何に迷って、何を不安に思っているか？」

そんなことばかり考え、僕自身がその人たちの一人になろうとしています。

お客さま、ユーザー、取引先、患者さん、生徒。自分が仕事をしている相手とのギャップを埋め、どれだけ相手側に立てるのかが、一番大切だと思うのです。

それには想像力と観察力、好奇心が必要です。

相手について思い巡らし、世の中を日々観察し、好奇心をもって社会活動をする。「自分に関係ないものはなにもない」という意識をもって日々を過ごす。あらゆることに心をつかって暮らすことです。

毎日、そんなふうに心をつかっていると、どんな仕事でもできるようになります。

仮に「イタリア人向けのコンテンツをつくってほしい」という依頼がきても、簡単です。僕自身がイタリア人になればいいだけの話です。

依頼がきてからおもむろに、「イタリア人ってどんな国民だろう？」「イタリアの歴史は?」と調べ始めたら時間がかかって仕方がないし、そんな姿勢でイタリア人になろうというのは無理な話です。

しかし、依頼があろうとなかろうと、普段からあらゆることに好奇心をもって、どんなことにも関心をもって触れていれば、イタリア人についての情報のストックができます。

たとえばイタリアンレストランに行った時、「ああ、このパスタはおいしい」で終わらせるのではなく、お店の人に話しかけて料理について聞いてみる。イタリアンレストランにはイタリアに詳しい人、イタリアに住んだ経験がある人がいる確率が高いので、きっと何かしら知ることができます。

街で外国の人に道を聞かれた時、教えるだけではなく「旅行ですか? どこのお国から?」とひと言尋ねる習慣をもてば、そこにイタリア人がいるかもしれないのです。

その時は、まったく役に立つあてもない世間話であっても、決して無駄にはなりません。

「イタリア人にはこういう習慣があるし、こういう人たちだ」というストックが自分の中にできていれば、「イタリア人向けのコンテンツ」という依頼がきた時、さっとそれを取り出して使えるのです。自分の中のストックを手がかりに考え始めれば、イタリア人になるスピードは増します。

何か目的があってアクションを起こすのではなく、毎日毎日、常に当事者として好奇心旺盛にいろんなことに触れていれば、情報は自然と溜《た》まっていきます。この情報が多ければ多いほど、いろんな人になれるというわけです。

言うまでもなく、この方法にも限界はあります。

「アイスランドで先祖代々トナカイを飼って暮らしている人の立場になる」というのは、実際はかなり難しいでしょう。

それでも同じ日本人についてなら、好奇心ひとつでいくらでも情報は集まってきます。だからこそ、主婦にもなれるし、おじいさんやおばあさんにもなれる。若い女性にも、中学生の男子にも、子どもにだってなれる。僕はたいていの人になれる自信があります。

自分でない誰かになりきるとは、既存の情報を組み立てて頭で考えるのではなく、無の状態から「何がいいんだろう？」と考え抜くことでもあります。まったくの無になり、自分らしさを捨てると、おのずと心が働き出します。

自分らしさを捨てるのは大変だし、ものすごく勇気がいる、「こわいこと」です。しかし、そこにチャレンジしてこそ、心をつかった新しい働き方ができるのではないでしょうか。


僕はシャーロック・ホームズがとても好きなのですが、彼の推理は頭をつかったものではなく、心を働かせたものだと思います。心で考えた推理を展開するところがホームズの魅力であり、みんなの心を惹《ひ》きつけている理由ではないでしょうか。

推理というのもアイデアを生み出すことですが、物語に登場するスコットランド・ヤード所属のレストレード警部たちは、情況証拠や被害者や容疑者のバックラウンドなど、情報を集めて頭で考えます。

一方ホームズは、無から人間の心理を探り、相手になりきって心で考え、犯人を推理して事件を解決に導きます。

僕が思うに、推理とは決して頭だけではできないことです。

心で考えて、自分独自の情報を導き出し、それを検証するという実験を繰り返す。これこそが推理であり、そのプロセスで感じることもかけがえのない自分だけの一次情報となって、ストックされていきます。

そのストックが豊富であればあるほど、正しい答えにたどり着きやすくなり、正しい意思決定ができる。幾千、幾万の推理を日々繰り返しているから、シャーロック・ホームズは名探偵になれたのです。

ホームズにならって、日々あらゆることを観察し、推理し、自分の中に自分だけの情報をストックしていく。こんな心のつかい方をしていきたいものです。

品質は心で決まる

先日、あるレストランに行ったときのこと。

僕は「全体的に味がしょっぱい」と感じました。そこまでの接客がなかなか良かったので、お店の人に話してみることにしました。

お店の接客がいいと、お客さんは「また来よう」と思うからお礼も言うし、何か気がついたことがあれば教えたくなるものです。そうするとお店には情報が集まり、何かもっと良くなっていきます。逆に接客が悪いと、何か教えるどころか話しかけようとも思わず、「ごちそうさま」と淡々と支払い、二度と足を運ばないということになります。すると情報が集まらないので、ますます客足が遠のいてしまいます。

そんなわけで、僕はそのお店にまた行くつもりだったからこそ、「今日の料理は全体的にしょっぱかったです」と伝えました。

するとお店の人から、意外な答えが返ってきました。

「うちはお酒を飲むお客さまが多いので、どうしてもしょっぱくなるんですよ」

その言葉を聞いて、とても残念だと悲しくなりました。

たしかに僕はお酒を飲みません。テーブルにつき、最初に飲み物を注文した時点で、お店の人にもそれはわかっていたはずです。接客した人は注文を通す時、シェフにその情報を伝えることができます。

僕はいろいろな料理人とつきあっていますが、優れたシェフはオーダー全体を見ます。飲み物を用意するのは別の人で、シェフは料理だけするのが普通ですが、それでも必ず何を飲むかを確認します。そして「ああ、この人はお酒が好きなんだな。このワインを選んだなら、しっかりした味がいいな」とか、「お水とソフトドリンク。だったらこうしよう」などと味付けを調整します。飲み物によって味の好みや感じ方が変わるからです。

お酒を飲む人と飲まない人が、同じ料理を注文したとしても、それぞれの皿の味付けを変える。それを当然のこととして行うのが、優れたシェフです。

優れた接客係も、情報を集めます。お客さまが同じようにお酒を頼んだとしても、飲んでいるスピードが早いのか遅いのか。僕のようにお酒を飲まない人でも、水をたくさん飲むのか、食事中はほとんど飲み物に手をつけないのか。そういったことを素早く観察しているのが、優れた接客係です。

見るべきことは、たくさんあります。

たとえば、お酒を飲んでいないと食べるスピードが早くなります。一皿食べ終わったあと、次の皿が来るまでのタイミングが遅れると手持ち無沙汰になってしまいます。

逆にお酒を飲む人はゆっくりと食べるので、まだ一皿目の料理が残っているのに次の皿を出したら、「早く食べろ」とせっつかれているようで不快な人もいるでしょうし、次の皿が冷めてしまいます。

誰と、何のために食事に来ているかでも食べ方は変わります。

ビジネスがらみの会食なら、てきぱきと食べて食後にゆっくり話したいかもしれません。おいしいものが好きな友人同士なら、料理そのものが目的で来ているので、じっくり味わいたいことでしょう。おしゃべりが優先のグループに、スピーディに料理を出すのは、かえって不親切です。

一人一人事情が違うお客さまが楽しんでくれるように、シェフと接客係が協力しあってサービスしていく。それには観察力と推理力が必要で、心を働かせていないとできない仕事です。

「うちの店は、お酒を飲むお客さまが多いので、味はしょっぱい」という言葉は、お客さまより「お店らしさ」を優先しているから出てきたものでしょう。「お酒を飲まないあなたは、来てくれなくてもいいですよ」と言われたようなもので、これは反面教師だなあと感じました。自分都合で押し通すというのは日常的にやってしまいがちな間違いで、僕も気をつけなければいけないと思いました。

「おいしいものを食べに行くって、どういうことだろう？」

人によって好みがあるので、答えはさまざまでしょう。お寿司屋さんに行けば必ずおいしいものが食べられるという人もいれば、ラーメン屋さんが絶対だという人も、ミシュランで星をとったお店に行くのが一番だという人もいるでしょう。

しかしよくよく考えてみれば、決め手は料理でも味でも食材でもなく、「おいしいものを食べに行く」という体験そのものではないでしょうか。

極論を言ってしまうと、料理自体が口に合わなかったり、おいしくなかったりしても、心を込めて「どうぞ召し上がってください」と供されたものであれば、おいしくなる。高級食材を使っていて、完璧なバランスの味付けであっても、ぞんざいな態度でぽいっと出されたら、決しておいしくない。僕は最近、そう気がつきました。

心を込めて料理をつくっても、届けるサービス側の接客が悪いとすべてが台無しになるということ。それはどんな仕事においても共通すると感じます。

仕事にも心が大切だとこれまでも言われてきましたが、それは主にお店やホテルやレストラン、つまり接客、サービスの世界においてでした。「心を込めたおもてなし」や「気配りと思いやりのサービス」というようにです。しかしこれからは、世の中全体で、心をつかわなければ仕事が成り立たなくなってきている。僕にはそう思えてならないのです。

料理がおいしいかまずいかは、材料や作り方ではなく、作り手、届け手の心次第です。同じように、その品物が嬉しいもの、便利なもの、役立つものかどうかは、材料や機能ではなく、作り手の心、届ける人の心によって決まります。

たとえ作り手の心がこもったすばらしい本であっても、購入するプロセスが面倒臭かったり、煩わしくてストレスを感じたりしたら、同じ内容でも印象が違うものになってしまいます。あらゆる仕事において「接客業」という心の働かせ方が必要になっています。

僕はどんなプロジェクトであっても、一緒に仕事をする人たちに、「接客と思って働こう」という話をします。本づくりやウェブメディアだと、目の前にお客さまがいないので、最初はピンとこない人もいますが、つくったコンテンツのその先には必ず人がいて、その人たちに接客する意識を忘れずにいたいと思います。

たとえば、以前働いていたクックパッドという会社の理念には「ユーザーファースト」という言葉がありました。何事においてもユーザーが嬉しいこと、ユーザーが得をすることを優先した意思決定をする。会社の経営にとってよいとしても、意思決定を下す前に「これって本当にユーザーにとって嬉しいことなの？」と最終チェックをする。そんな考え方です。

そこで僕なりに「ユーザーファースト」について習慣的に心で考え、自分の中に浸透させていくと、「すべての仕事を接客業として行う」ということに落ち着きました。

メディアのコンテンツを一つ一つ更新していく中で、写真を選んだり、言葉を選んだり、文章を書いたり、デザインを考えたり、操作性を考えたりするときは、読んでくれる「お客さま」が一番喜ぶように。

同時に、どんなにいい写真、いい文章でも、接客によっては本当にがっかりさせてしまうし、信用を失ってしまうという怖さを感じています。

目の前にいるお客さまが「嬉しいな」「気が利いているな」「すてきだな」「助けられたな」と思ってくれるかどうか。一度そう感じてくれても、人の気分は変わるものだし、季節でも世の中の流れでも感覚は変化するので、それに自分が敏感に反応できるかどうか。

つねに自分自身がお客さまの立場になってみながら、「これはどうか、あれはどうか」と試してみる。何度となく問いかける。この繰り返しで、接客していく。それが僕の日々の仕事です。

フィフティーフィフティが仕事の基本

お客さまの側に立ち、お客さまを優先し、お客さまそのものになること。これはあらゆる仕事の基本ですが、従うこと、媚《こ》びること、卑屈になることとは違います。「お客さまの言うことはなんでも聞きます！　喜んでなんでもやります」という話ではないのです。

一〇〇パーセント、お客さまに合わせる必要はありません。

相手に合わせて言いなりになるというのは、大変なようでいて、実はとても楽なやり方です。極論すれば、ただ頭を下げていればいい。頭も心もつかわず、自分では何ひとつ考えず、指示を待てばいいのですから。

はたして、この相手任せの受け身で、相手が喜ぶものを提供できるでしょうか？

仮にあなたの大切な家族、友人、恋人が、自分の意思を一切もたずに「なんでもあなたに合わせます」という態度だったら、会っていて楽しくはないはずです。自分の意思をもったうえで、思いやりをもって接してくれる人こそ、ずっとつきあい続けたい人になるでしょう。

また、いつも相手に合わせていては、先回りができません。

仮にどこかのお店で食事をしていて、「お水がもう一杯ほしいな」というとき、手を上げて「すみません、お水をお願いします」と接客係に頼むのと、手を上げないうちに接客係が近づいてきて、すっとお水を注いでくれる。快いのは後者ですが、相手に従うだけだと前者のふるまいしかできないのです。

自発的に動くことができないままだと、「新しい商品を考えて」とお客さまに促されて初めて、企画を練り始めるようになります。相手に合わせてばかりではいくら練っても自ら発信することはかなわず、「ところで、どんな商品を考えたらいいでしょう？　お好みのものを教えてください」という、笑い話のようなことになります。

日本には、「お客さまは神さま」といった古い価値観が残っています。しかし僕は、フィフティ－フィフティの関係こそ、今の僕たちにふさわしく、すこやかなバランスであると考えます。

お客さまと自分のどちらが偉いわけではない。どちらが上でもどちらが下でもありません。お客さまと自分が、同じ目線と立場で、対等にコミュニケーションを取ること。これは仕事をしていくうえで、とても大切なスタンスです。

実際にやってみると難しくて、時には踏んばらなければいけないこともあります。お客さまから、「これは違うんじゃないか」と言われても、自分が信じていることであれば、「いえ、そうではありません。このままでいいのです」と、貫き通さないといけない場合もあります。

意見は聞くけれども、鵜《う》呑《の》みにはしない。よく考えて、守らなければいけない部分は守る。その時初めて、自分のしている仕事や自分の存在が、お客さまから信頼してもらえるようになります。

僕は今、「くらしのきほん」というウェブメディアを運営していますが、それはウェブとメールのちょうど中間に位置するものだととらえています。

メールは一対一のすごくリアルで深い関係性をもつもの。ウェブは不特定多数とのとても広く浅い関係性をもつもの。ＳＮＳや「くらしのきほん」は、その真ん中にあるという感じです。それはまた、新しいメディアのあり方だという気もします。

赤の他人だけれど、友達のように信頼ができる。嘘《うそ》がなく、信じられる情報を共有できる。大勢の人に向けて発信しているけれど、受け取った人は「私のためだ」と思ってくれる。そんなメッセージを送りたいし、そんな新しいメディアを発明したいという気持ちでいるのです。

だからこそ、大切なのはフィフティ－フィフティ。

自分たちが一段低くなったら、途端に信用を失う気がします。自分たちが少しでも上から目線になってしまったら、たちまちそっぽを向かれるでしょう。

大切なことなので、繰り返します。

いちばん心地よいコミュニケーションは、対等な関係です。対等だからこそ、自分が相手の立場になれるし、相手から学べるのです。

対等というのは、自分のことだけを考えておけばいいというものでもありません。「自分の役割は完璧に果たしたから、あとは責任を持ってやってくれ」というやり方では、いずれフィフティ－フィフティのバランスが崩れていきます。

心が働けば、一瞬で慣れる

「商品のウェブ販売に力を入れたいのですが」と、老舗《しにせ》食品メーカーの方に、相談を受けたことがあります。

その会社にはきれいなPC版のウェブサイトがすでにあり、買い物できるようになっています。ところが「スマートフォン専用のサイトはない」と聞いて、僕はびっくりしてしまいました。世の中の流れとして、PCよりスマホで買い物する人が急速に増え、多数派になっていくのは確実でしょう。特に主婦は「パソコンはもう使わないけれど、スマホは毎日見ている」という人がほとんどでしょう。

聞けばそのメーカーでも、ウェブで買い物してくださるお客さまの七割が、スマホ経由の購入なのだそうです。

「ウェブに力を入れるのであれば、大切なのはスマホですよ。お客さまが気持ちよく見て、気持ちよく買い物できるスマホサイトを、今日にでもつくるべきだと思いますよ」

僕の言葉に、担当者はため息をつきました。

老舗だけに古風な会社で、打ち合わせも紙の書類が必要だし、もしもスマホサイトをメインにすると言ったら、「せっかくPCのウェブサイトをつくったのに、また一からスマホサイトをつくるのか！」「スマホは伝統を重んじるわが社らしくない」などと、重役たちが大騒ぎをするというのです。

この担当者をはじめとして時代の変化に気づいている社員もいるのに、何も気づかず、何も変えたくない社員もいる。もしかすると、多くの会社でこんな状況があるのかもしれないと僕は感じました。

会社が変化しなくても、人は変化します。世の中もお客さまも変化しているのに、自分たちは変わろうとしない。それは心を働かせた「接客業」をしていないという証拠です。

また、長く残っている会社は、「自分らしさの更新」をしています。馬具づくりからスタートしたエルメスが、「自社らしさ」にこだわって鞍《くら》や鐙《あぶみ》だけつくっていたら、今の一流メゾンでいられたでしょうか？　答えは明白です。

変化のスピードに対応する訓練として最適だと思い、自分プロジェクトとして僕が取り組んでいるのは、「一瞬で慣れる」ということ。

その状況、その環境、その場所に、すぐに慣れること。時間をかけて馴染んでいくのではなく、スタートしてすぐに慣れることを自分に課しています。

変化に取り残されたり、仕事がうまくいかなかったり、相手のニーズをつかめなかったりする大きな原因のひとつに、慣れていないことがあります。

「ＩＴに慣れていないから、スマホがわからない」

「まだこのプロジェクトに慣れていないから、仕事がやりにくい」

「まだこのお客さまに慣れていないから、どんなニーズかつかめない」

あなたも時にこんな不満を訴え、慣れることに対して受け身になってはいないでしょうか？

「誰かが教えてくれれば慣れる」と他人任せだったり、「しばらくやっていればそのうち慣れる」と時間任せだったり、慣れることに対して成り行き任せではいけません。自ら慣れようとすること。これは、積極的なチャレンジでもあります。

わかりやすい例として自分の話をすると、僕が紙の出版業界からＩＴ業界に移った頃のこと。アナログな世界からデジタルな世界へ。老舗の雑誌からベンチャーが立ち上げたウェブサイトへの移籍は珍しかったらしく、いろいろな人にこう質問されました。

「松浦さん、入社三ヵ月ですね。そろそろ慣れましたか？」

僕は内心、不思議でした。新しい会社に一歩足を踏み入れた瞬間、僕は慣れていたからです。

「書店経営者で文筆家」というフリーランスの立場から、『暮しの手帖』の編集長に就任した時も、同じことをずいぶん聞かれました。

「松浦さん、入社六ヵ月ですね。そろそろ慣れましたか？」

一ヵ月、三ヵ月、半年、一年。

そんな助走期間が許されるほど、仕事というのは甘くないというのが僕の認識です。入った瞬間から、たくさんのお客さまを喜ばせるものをつくり、利益を出して一緒に働く人たちも喜ばせる使命を帯びている。それが自分の仕事だと受け止めていたのです。三ヵ月、六ヵ月をかけてゆっくりと慣れていくというのは、僕にしてみれば素人っぽい、大人らしくないことだと思います。

僕に限らず、お金をもらって働いている人は、同じ使命を持っているのではないでしょうか。野球のイチロー選手がヤンキースからマーリンズに移籍して、「三ヵ月か半年、慣れるまでヒットは打てません。しばらく練習して準備を整えたいから、できれば試合も出たくない」などと言うはずもないのです。

どこに行っても一瞬で慣れること。すぐさまプレイヤーとして本番に臨める態勢になること。そのためには、もっともっと、心を働かせたい。頭で考えるスイッチをぱちんと切って、心で考えるスイッチを入れるようにしています。

心で考えるスイッチを入れるには、自分らしさを捨てること。素直でまっさらな自分になれば、いろんなことを受け入れ、いろんなことを猛スピードで学べ、一瞬で慣れることができるでしょう。

心で考えるスイッチが入れば、一瞬で慣れるばかりか、いっそう相手になりきれるようになります。老人にも子どもにも女性にも若者にもなれると前述しましたが、

「慣れる」というのもこれに関係しています。

仮に、僕がメディアを通じて気持ちを届けたい人たちが三〇代の女性だとします。五〇代の男性である僕がいくら頭をひねって考えたところで、三〇代の女性の気持ちはなかなかわからないものです。

しかし自分らしさを捨てて素直になり、まっさらな空気のようになれば、彼女たちに溶け込むことができます。彼女たちのくらしに同化し、同じ目線になり、心で考えられるようになれば、おのずと、彼女たちが求めているものが見えてきます。

こう考えると、心で考えるスイッチとは、自分らしさを捨てることでもあります。

逆に言うと、職場にすら慣れることができない人が、世の中の人のために役立つ何かを生み出すのは、いささか無理があるということです。

チャレンジの再投資をする

積極性ほど大切なものはないと、僕は信じています。

世の中の役に立ちたい、もっとやりがいのある仕事がしたい、もっと決定権がある立場になりたいといった野心があるなら、なおさらです。

積極性をもつとは、たくさんのチャレンジと試行錯誤をすること。その結果として自分が何かしらの気づきを得て、仕事もうまくいくのだと思います。

心で考えるというのはすでに書いたとおり、積極的に心をつかうことです。相手を思いやることに、積極的にチャレンジしていきましょう。

積極的に心を働かせると、今まで見えなかったことが見えます。気づかなかったことに気づき、思いつかなかったことを思いつき、考えつかなかったことを考えつけるようになります。相手が困っていること、喜ぶことがわかるようになります。

すべての新しいアイデア、商品、サービスは、そこから生まれてきます。

とは言え、積極的に心で考え始めたとき、僕は怖くなりました。

なぜなら、心で考えて気づいたこと、思いついたこと、考えたことには、何の確証もないのです。それが頭で考えたことと大きく違う点でした。

過去にまったく存在しなかった新しいアイデアだから、データもない。誰かのお墨付きもないし、うまくいく保証もない。「このケースは成功率○パーセント」という前例もないし、「大丈夫、うまくいく」と担保してくれるものは、何ひとつとしてないのです。

しかしだからこそ、今までなかった新しい価値観が提供できるかもしれません。大失敗するかもしれないけれど、大成功するかもしれません。

誰も解決できなかった困りごとを解決して、たくさんの人をほっとさせられるかもしれません。見たこともないやさしいサービスを届けて、たくさんの人に喜んでもらえるかもしれないのです。

勇気を持って、「心で考える」という積極的なチャレンジを続けましょう。うまくいくかどうかわからないけれど、自分の実験なり練習として、チャレンジを繰り返していく。これこそ、最高の自己投資です。

投資というのは原資がなくなると続きません。持っている資産を全部投資してしまったら、リターンがない限り、再投資はできないのです。

お金の投資であれば、成功して儲《もう》けなければ再投資はあきらめねばなりませんが、自己投資であれば、失敗すら貴重な自分だけの情報というリターンになります。それを糧に再投資すれば、成功の確率も高くなり、やがて成果として形になるでしょう。

成果が出れば自己投資とはいえ、お金や評価、世の中の信用もついてきます。しかし、それも貯め込むことなく、さらに再投資する。小さな成功は投げ出して、大きな成功にチャレンジする。僕が尊敬する成功した方々は、そんな勇気と積極性をもっています。

人間は弱いものだから、チャレンジを続けることに疲れ、新しいことに怯《ひる》んでしまう場面もあります。僕自身もそうですが、そんな時には最高の姿と最悪の姿をイメージすることにしています。

自分の力をすべて注いで頑張ることはできても、結果をコントロールすることはできません。しかしあらかじめ、最高と最悪の結果を自分の中で想定しておけば、どんなことがあっても折れずにいられます。

それにはやはり、心で考えること。頭だけで考えていたら、最高と最悪は思い描けないのですから。

僕がチームで働くなら、何をするにしても、「見えている？」というのを合言葉にしたい。チームのメンバー一人ひとりに最高と最悪が見えているかを確認したいのです。一緒に働く仲間が、心で考えているかをお互いに確認する。相手を思いやりながら、相手の立場になりながら、完成形を目指す。これは良きチームワークのための最良のツールにもなります。

いかがでしょう。

あなたは、見えていますか？

あなたはもう、心で考えることに慣れたでしょうか？

CHAPTER 2のおさらい

・成功した人は、つねにコンディションを整え、精一杯の努力をし、心を働かせ続けている。

・心の働かせ方を学ぶ最良の道は、人とのコミュニケーション。

・よく知っていることのなかに新しさを見つけ出せば、ヒットが生まれる。

・人は「心で考えてつくられたもの」に時間とお金を使う。

・すべてのマーケティング情報は「過去」のデータ。大事なことは、そこから先を読めるかどうか。

・仕事相手とのギャップを埋め、相手側に立つために、「自分に関係ないものはなにもない」という意識で日々を過ごす。
・その商品やサービスが、嬉しいもの、便利なもの、役立つものかどうかは、作り手と届ける人の心によって決まる。
・仕事をしていくうえで大切なのは、お客さまと自分が、対等なコミュニケーションを取ること。
・頭で考えるスイッチを切り、心で考えるスイッチを入れれば、どんな環境にも一瞬で慣れることができる。
・心で考え、「最高と最悪の結末」を想定しておけば、失敗しても心が折れずにいられる。失敗が怖くなくなり、どんどんチャレンジできる。

CHAPTER3

「心をつかう」のは、くらしのきほん

「ウィンナーのケチャップ炒め」の教え

お弁当に入っていたら、嬉しい。朝ごはんに出てきたら、元気が出る。

僕は子どもの頃から、ウィンナーのケチャップ炒めが大好き。お弁当のおかずの定番なので、なつかしいという人も多いことでしょう。

フライパンに油を引いてウィンナーを炒め、最後にケチャップを入れて、炒め絡める。どんなレシピにもそう書いてあります。ところが、熱々のフライパンにケチャップを入れた瞬間、必ずはねて飛ぶのです。

服をぽつぽつ赤いシミだらけにしたくないし、レンジ周りを汚したくないし、火傷もしかねないので、バチバチいいだしたら慌てます。急いで蓋をしてフライパンをゆするのですが、ここが難しいところ。せっかくちょうどよく炒めたウィンナーが炒めすぎになったり、焦げてしまったり、熱が入りすぎて、油の黄色とケチャップの赤が分離することもあります。

決してまずくはないので、「こういうもんだ」とみんなが思っているようです。

僕もずっと諦めていましたが、ある時「ケチャップはどうせはねるもの」と諦めたままなのが嫌になり、何か方法はないか調べました。残念ながら、どの本にもサイトにも「飛びますので注意を」と書いてあるだけでした。

そこで自分なりに試行錯誤し、辿《たど》りついたのが、炒め終えたウィンナーをフライパンから出すというやり方。

ケチャップはあらかじめ、小さなボウルに用意しておきます。自分の好きな味付けになるように、はちみつやウスターソースを混ぜて。フライパンではウィンナーを油で炒め、一番おいしい状態で火を止めます。

もう、書くまでもないくらい、簡単です。フライパンから出した熱々のウィンナーをケチャップ入りのボウルに投入して和え、盛り付けたらできあがり。

ケチャップは絶対に飛ばないし、フライパンも汚れないし、ウィンナーが炒め過ぎになることも焦げることもない。何もストレスがないのです。

「こんな発明はないな」と、おおげさでなく感動しました。ずっと諦めていたことが、ちょっとした工夫で解決できたのですから。

「ケチャップ味にするには、フライパンで炒めなくてはいけない」

僕は頭からそう決めつけ、そのルールに固執していました。「そういうもんだ」と思い込んでいました。熱々のウィンナーを素早く混ぜれば、ボウルに入れたケチャップでもちゃんと絡まってケチャップ炒めの味になるなど、考えてもみなかったのです。

そんな意識でウィンナーのケチャップ炒めを作り始めると、「なんとなく塩胡《こ》椒《しょう》をしているな」と気づきました。炒め物の定番で、当たり前のようにやっている人も多いと思いますが、塩も胡椒も強い味の調味料です。

塩胡椒がしてあっても、決してまずくはない。しかし、ケチャップの味を損ねているかもしれません。はちみつやウスターソースの量を調整し、ケチャップの味を慎重に調えているのに、塩胡椒はおかまいなしにしていたなんて！

気がついたら、さっそく実験です。塩胡椒なしで一番いい具合に炒めたウィンナーを、熱々のうちに好きな味に調整したケチャップのボウルに入れる。さっと和えて、ぱくり。

どうでしょう。はたしてそれは、びっくりするほど、おいしかったのです。

ウィンナーのケチャップ炒めは、決して難しい料理ではありません。手順も単純でわかりきっているのに、そこに新たな発見がある。

心で考えてみれば、当たり前だと思っていたことが、当たり前でなくなります。「こういうもんだ」と諦めていたことに、新しいやり方が見つかって、うれしくなります。便利になったり、困りごとが消えたりもします。

頭で考えていたら気がつかないことも、心で考えてみれば気づく。心をつかって物事を観察すれば、新たな発見がたくさんある。

よく知っている大好きなことこそ、もう一度まっすぐに心で向き合えば、新たな発見がある。発見が増えると、よけいに愛おしくなる。こんな〝心づかいの発見〟があれば、くらしは生き生きしたものになります。

「心を働かせる」と「心づかい」はどちらも積極的な心の動きですが、「心を働かせる」は大きくはっきりとした動きで、「心づかい」はささやかで小さい動きです。

目標を立てて行動し、実現することで誰かを幸せにしようというのが「心の働き」。日々の中で気づいたことをすくい上げ、工夫し、もっと良くすることで誰かを幸せにしようとするのが「心づかい」です。そのいずれも「心で考える」という営みで、生きていくうえでは欠かせないものだと僕は考えています。

おいしいウィンナーのケチャップ炒めを食べながら、心で考えるとは、愛に近いのではないか、僕はそんなことを思いました。

包丁の柄を洗ってみる

「自分がやっていることが本当に正しいのか」という疑問をもつ。

それはまさに心で考えることであり、くらしを更新する知恵だと思うのです。

「みんなが同じようにしている」

「いつもこうだから」

「このやり方でずっと不便はない」

あなたがこんなふうに思っているのなら、よそから来た情報をもとに頭で考えているかもしれません。そこでちょっと、ストレッチをしてみましょう。

「今までのやり方でいいのか？」

「いつもの手順がベストなのか？」

自分のいつものやり方をじっくり観察し、疑ってみるのです。

日常的にやっていて疑いすらもたないことのなかには、何かしら我慢を強いられたり、ちょっぴり困ったりしていることが、潜んでいるかもしれません。

それが何かを見つけ出せば、積極的なチャレンジの種が生まれます。くらしの中でチャレンジを続け、その種を育てていけば、そこから花が開くのです。

にんじんやじゃがいもなど、食材として買ってきた野菜の切れ端を、水栽培したことはないでしょうか。レースのような淡い緑の葉が伸び、白い小さな花が咲く。その花は、買ってきた花のように豪華ではないけれど、自分だけの宝物のような、ぽっと心が温まるようなやさしい美しさをもっています。心で考えた末のくらしの発見はそれに似ていて、たぶん、幸せの種でもあると僕は思っています。


「今までのやり方でいいのか？」

僕が先日、この疑問をもとに見つけ出したのは、包丁の洗い方。

使い終わった包丁は、刃の部分をスポンジで挟み、洗剤で洗っている人が多いと思います。僕もそれは同じでしたが、ある時、洗いながらふと疑問を抱いたのです。

「洗うとは、汚れているところをきれいにする行為だ。でも、包丁の一番汚れていることろは、本当に刃なのだろうか？」

包丁は刃で食材を切るので、野菜の汁、肉の脂、魚の血がつき、目に見えて汚れます。しかし包丁というのは、刃と柄でできています。

柄の部分で食材は切らないけれど、野菜、肉、魚、調味料、エプロンのはしっこ、いろんなものを触った手で柄を握っており、しかも柄をごしごしと洗った覚えがありません。

「目に見えないけど、ここが一番汚れているんじゃないか」

ささやかですが、僕にとってははっとする発見でした。頭で考えていたら、出てこなかった発見です。

包丁の柄を洗うには、包丁の刃を持たなければなりません。どきどきしながらやってみて、「こんな経験は初めてだ。やっぱり、これまで僕は包丁の柄を洗っていなかったな」と確認できました。刃の部分を左手で持って挟んで、柄の部分をブラシでこする。生まれて初めてする作業をして、まだまだ意識していないことはたくさんあると、思い知りました。刃を持って洗うのは誰でも怖いから、包丁の柄を安全に洗う道具を工夫してつくるといいかもしれない、などと空想しながら。

こんなアイデアが次々と浮かんでくるのは、心が動いている証拠です。固まってしまった心を動かし、ストレッチをし、柔軟にしておく。くらしも仕事も整えるためには必要なことだと思います。

感覚の引き算をする

学びには、積み重ねていくものと、研ぎ澄ましていくものの二種類があると思っています。頭による学びは、知識の蓄積や経験の積み重ねという足し算。そして心による学びは、センスを研ぎ澄ましていくという引き算です。

センスを磨くというと、「いいものにたくさん触れて、いろんなものを食べて、いろんなところに行って、いろんな人に会い、いろんなものを見たほうがいい」という意見もあり、それもあながち間違いではないのですが、頭による学びに近いのではないでしょうか。

本当に心で学びたいなら、あえて引き算をしてみるのも一つの方法です。

「正しいおみそ汁を作ってください」

こう言われたら、あなたはどうするでしょうか？

ていねいにだしをとって、季節の具材に合うおいしい味噌《みそ》を使う。「味噌を溶くのは火を止めてから」など、コツはいくつかありますが、手順を守ればちゃんとおみそ汁ができあがります。だしも一番だしであれば、文句のつけようがありません。いわば「最高のおみそ汁」です。

しかし、僕は繰り返し一番だしのおみそ汁を作っていて、ふと疑問に思いました。これはなんと贅沢《ぜいたく》なのだろうと。ていねいにとった一番だしの味は完璧すぎて、まるで和食店で出てくるような味わいです。たしかにおいしいけれど、日常生活に、ここまで完璧なものが必要なのかと疑問に感じました。

そこである朝、だしをとらずに玉ねぎを煮て、味噌をほんの少量、溶かしてみました。見た目はたしかに玉ねぎのおみそ汁です。

飲んでみると玉ねぎからだしは出ているし、少しの味噌から若干の塩味が感じられます。でも、トータルでいうと味がしない。一口飲んで、「わあ、薄い。お湯みたい」と思うような味でした。

味のしないおみそ汁を飲んでいるうちに、「これがおいしくないのではなく、僕が間違っているのかもしれない。僕の舌が肥えてしまったんじゃないか」と思えてきました。いつしか僕の舌には「おいしいおみそ汁の定義」ができていて、味がないものを口にすると、反射的に「まずい」となる癖がついていると気づいたのです。自分が「かくあるべき」と思っているのとは違う味を、すぐさま「まずい」と決めつけるのは、おかしなことだと思っていた自分が、まさにそのとおりの反応をしていました。

そこで今度は目を閉じて、もう一度、玉ねぎのおみそ汁を飲んでみました。薄い汁の中には玉ねぎの旨味《うまみ》がしっかりと感じられ、量の少ない味噌でも味噌の風味が確かにひろがるのがわかりました。飲むほどに、一歩一歩自分から、素材の味に近づいていくようでした。僕は自分から歩み寄っていき、味を見つけたのです。「味というのは向こうから来るんじゃなくて、自分から探しに行くものだ」

そんな発見をした出来事でした。

おいしい一番だしのおみそ汁。それは料理として完璧な完成形かもしれないけれど、いつも完成形でなければいけない理由はどこにもありません。

レシピを考えていると味の競争が始まり、どんどん足すことで「おいしいもの」を探すようになります。しかし、完成形の味から引き算をしていくことで新しいレシピが生まれるかもしれない。自分がどう味わうのかという、料理とのつきあい方も変わるかもしれない。

引き算していくことで価値観がリセットされ、当たり前と思っていたものから、新たな発見がある。この営みによってセンスが研ぎ澄まされ、豊かさにたどり着ける。僕にはそう思えてならないのです。

自分の中でおみそ汁のスタンダードが変わってから、しばらくはだしを使わないおみそ汁を作り続けました。

寒い朝はことことゴボウを煮て、ゴボウのだしがひろがったところに薄く味噌を溶く。飲むときは目をつぶって味を探しに行くのです。二月のゴボウが土の中で蓄えた滋味がしっかりと出ていて、それがかすかな味噌の香りとすごく合う。

毎日ごぼうのおみそ汁を飲み続けるうちに、お店に春キャベツが並んだら、やわらかい葉を大きめに刻んで、キャベツと少しの味噌だけのおみそ汁。季節が変わったことも若々しい香りで今まで以上にわかるし、本当に薄味でさっぱりしているので、飲んだあとに口をすすぎたくもなりません。

味わいは全然違うのに、子どもの頃、母が作ってくれたおみおつけを思い出しました。我が家ではおみそ汁を「おみおつけ」とちょっと古風に呼んでおり、母はいつでも、「ごはんより、おみおつけをおかわりしなさい」と言っていた、そんな記憶までよみがえりました。

数週間、味の薄いおみそ汁を作り続けたあとで、しっかりとった一番だしで、味噌が濃いおみそ汁を作ってみました。一口いただいたら、たしかに、たまらなくうまい。

「だけど毎日はいらない。ハレの日、特別な日のごちそうとしてとっておこう」

最後の一滴まで大事に味わい、僕はしみじみ思いました。

もっとおいしいものを追求するのではなく、おいしいものから引き算していくことで、僕の中に新しいスタンダードが生まれました。自分らしさが更新されたといってもいいでしょう。今までは当たり前に飲んでいた一番だしのおみそ汁が、「特別な日のごちそう」に変わりました。

味覚を例にとりましたが、感覚の引き算をすることで、センスは研ぎ澄まされ、自分の幅が広がります。心の学びとはこんなことではないでしょうか。

まごころは味がしない

たまに実家に帰るというと、母が「じゃあ、ごちそうにしようね」と言ってくれることがあります。

気持ちはうれしいけれど、僕としては、ごちそうなんていらない。子どもの頃に食べていたような母のおかずが食べたい。デパートの地下で買ってきた老舗のお惣《そう》菜《ざい》より、昨日の残り物がいい。イクラや牛肉のしぐれ煮の豪華なおにぎりではなく、梅干や夕べの残りの鮭《しゃけ》をほぐしたものが真ん中からずれたところに入っていて、ごはんがしょっぱいところと味のないところがまだらにあるような母のおにぎりのほうが、千倍も一万倍もおいしいのです。

心をつかわない料理など、存在しません。「料理をする」という行為自体が心の働きだから、ただの作業のようで、そうではないのです。

「でもコンビニのサンドイッチには心がこもっていないでしょう」

こんな反論もあると思いますが、工場でつくられていても、商品開発をするのはコンピュータではなく人です。そこに「おいしく食べてもらおう」という気持ちがある以上、心の働きによってできあがっています。

だからこそ、「心づくしの朝食をつくってあげよう」「私らしいオリジナルのお弁当にしなきゃ」とあまりに力みすぎるのは、あやういことです。心のつかい方を間違えると、過剰になったり、押しつけがましくなったり、自分がはりきったぶん、相手にとってうれしくないものになるかもしれません。

「お母さんの料理はそんなにおいしくなくていい」という話があります。

全員とは言えませんが、お母さんのつくる料理のレパートリーはせいぜい二〇か三〇。おなじみのおかずが繰り返し出てくるのが、家庭の食事です。

「またチャーハンか」「またカレーか」「またハンバーグか」となります。

とびきりおいしいかと言われれば、レストランのようにおいしくはないけれども、愛したい料理、うれしい料理、幸せな料理だったりするものです。

家で毎日、本格中華やすごいフレンチが出てきたら、体の負担になるし、舌もくたびれます。慌ただしく支度をして出かける朝、「心を込めてエッグベネディクトをつくったの」と出されたら、食べるほうは困ってしまいます。

主婦はプロではないから、家庭料理は外で食べるものよりは味気ない。時には物足りないかもしれませんが、だからこそいいのです。

料理や食事が日常であるなら、つくる側もさりげなく。はりきって「心づくし」をしなくても、いつもどおりに味を調えれば、そこには自然に心がこもります。

誕生日や何かのお祝い、ホームパーティなど、特別なイベントの時に張り切るのはいいかもしれませんが、それはまた別の話。普段は押しつけにならない、ものたりないくらいの料理がいいのではないでしょうか。

心をつかった料理について強いて言えば、熱いものは熱いままで。

ぬるいおみそ汁や冷めたトースト、冷たくなった目玉焼きは残念です。座って箸をとって「さあ、食べよう」というタイミングに、ベストの状態で置くのはとても難しいことですが、だからこそ頑張りどころでもあります。家族で食べる食事なら、みんなで協力しあうのが一番です。

また、食べやすさも大事なことです。噛み切ることができないような長いもの、ぽろぽろ落ちるようなものを避けるのは作り手のやさしさであり、食べる人にストレスを与えないための思いやりです。

ご存じの方も多いと思いますが、料理の世界で「寸切り」というと三センチ。人間の口の開くサイズに合わせて、和食は全部、ひと口大の一寸（三センチ）に切りそろえます。大きく口を開けないと入らないようなものは不親切です。

食べる人にとって、「口に入れやすいか、噛みくだきやすいか、飲み込みやすいか」に心をつかいましょう。小さな子どもやお年寄りが家族にいるなら必須ですし、大人同士であっても気をつけたいものです。

心で考えて贈り物を選ぶ

お礼、お詫び、お祝い、お見舞い、季節の挨拶や、大切に思っていることの表明。誰かに気持ちを伝えたい時、僕たちは贈り物をします。どこかのコマーシャルのように「心を込めて」贈るのです。

贈り物というのはあきらかに相手のためであるのに、どうも自己満足に陥ってしまうことが多いようです。

「これはとてもかわいいから、あげたい」「自分が好きだから、あの人にも使ってほしい」などと、品物ありきのプレゼント。

あるいは自分の感謝の気持ちやお祝いの気持ちを表したい時に、ちょっと値段の張るものをあげてすませる、ということもあります。

贈り物をするときには、さしあげる理由が必要ですし、その理由の重みに見合うものを選ぶようにしましょう。

贈り物をもらう側に立って心で考えれば、すぐにわかるはずです。

自分としては、ちょっとお礼を言われるくらいでいいのに、「先日はありがとうございました」と、ものすごく高級なものをもらってしまったら、どうお返しをしたらいいのか、今後のつきあいはどうしたらいいのか、考え込んでしまうでしょう。趣味性が高いものものむずかしく、贈り手の「自分らしさ」の押しつけとなる危険性があります。

また、何かあるたびにすごい贈り物をくれる人がいたら、最初は子どもみたいに喜んだとしても、だんだんつきあいが負担になってきます。この豪華な贈り物に見合うだけ、どうやって頭を下げなければいけないのか、どうやってこの人の顔を立てなければいけないのか、どうやってこの人を気持ちよくさせなければいけないのか、そんなふうに思ってしまうでしょう。

気まぐれや、自分の不安を解消したいという思いで、むやみにプレゼントをする人も時折います。何かいいことをしたような気持ちになって、すっきりするかもしれませんが、相手はもやもやした気分を抱えるはめになります。

心のつかい方を間違えると、相手にとって負担になるということ。相手にストレスを与えたり、自分と相手との今後の関係性に影響を与えたりするような贈り物をしていないか、振り返ってみたいものです。

では、どんな贈り物を選ぶのか？

実のところ僕は贈り物をするのが好きで、「ものをあげたがりな人」でした。しかし、自分都合の贈り物、相手に貸しを与えるプレゼントはよくないと気づいてから、意味もない贈り物はしないと決めています。「なんで、こんなにくれるの？」とか「下心があるんじゃない？」とか相手が不安になるようなことをしないようにしているのです。

理由があって贈り物をする大前提で、まず、何にバリューを置くかを考えます。値段なのか、希少性なのか、便利さなのか、美しさなのか、大きさなのか、重さなのか。あるいは品物ではなく、パッケージやカードに重みを置くのか。どこにバリューを置くかによって、相手にとって心地よいものになるか、負担になるものになるのかが決まり、それは紙一重です。相手の人となり、関係性、状況を、まさに心で考えて慎重に選びましょう。

さらに、贈り物というのは基本的にお返しが必要なものです。いただく側としては、「もらいっぱなしでは申し訳ない」と、何かしらお返しをします。その際、できるだけ相手の負担にならないようにするのも大切です。ものごとにはプラスマイナスがありますが、ゼロの状態こそ一番気持ちがいい。相手へのインパクトをそのゼロの状態に近いものにする。難しいけれど、これまた心で考えてみることです。

いただく側として考えると、最近、僕は年齢を重ねたこともあり、「贈り物はいらない」と思うようになりました。なぜなら、ものはたくさん持っているし、趣味もはっきりしています。こだわりもあるので、仮に白いシャツが好きだとしても、「好きな白と嫌いな白」があり、その差は自分にしかわからないような細かいことだったりします。

結局好みが違ったり、明らかに使わないものをもらって、「困ったな」となることも珍しくないのです。大人であれば、僕のような人は多いのではないでしょうか。

ただし、相手の気持ちはうれしいので、メッセージカードをもらうのは大好きです。「ありがとう」「おめでとう」「ごめんね」

短くても長くても、心がちゃんと伝わってきます。僕たちはつい、メッセージカードを贈り物の添えものみたいに扱いがちですが、むしろ逆だと思います。

いっそのこと、贈り物はごく親しい関係だけに限定してはどうでしょう。家族間での誕生日プレゼントなど、相手が欲しいものをはっきりとわかっているし、相手も「これが欲しい」と伝えられる関係においてのみ、モノをやりとりする。それ以外の関係の人には、カードだけにする。

「心をつかった贈り物は、モノをあげないこと」

そんな新たなルールがあってもいいのです。ただし、食べ物やお花は、贈り物というよりも手土産や差し入れです。負担にならない量を、気軽にやりとりするのは楽しいものです。

あなたらしい、すてきな「はい」を

カフェやホテルのティールームで、サービスの人が飲み物を持ってくる様子を見ると、僕にはすぐにわかります。その人が無意識にただ運んできたのか、頭をつかっているのか、心をつかっているのか。

特別な能力があるわけではありません。いずれかによって、自分に伝わることが変わるから、すぐに気づくのです。

「この人は上の空で運んできたな」という人は、がちゃんと置いたり、連れの飲み物と僕の飲み物を間違えたりします。「頭で考えてマニュアルどおりにやっているな」という人は粗相はありませんが、そこには何にも生まれません。そして、「心をつかってサービスしているな」という人は、ちょうどよい場所にちょうどよいタイミングでさりげなくカップを置いてくれます。笑顔だったり、「どうぞ」の一言だったり、何かしらのうれしさをもたらしてくれます。

　そんな時に僕は「すごくうれしかったです」などと言葉をかけます。相手の心づかいに対するお礼がしたいし、またここに来ようという気になるし、その人ともっと話したいと思います。

「あそこのお店の人は、すごいよ。本当に気持ちいいサービスなんだ」と誰かに話すこともあります。心で考えていれば、このように、人とのつながりに化学反応が起きるのです。時には奇跡が起きることもありそうです。


　人とつながりができるとは、信頼したりされたりするということ。そして、今の時代の信頼するべき人は、心をつかえている人です。

　信頼は目に見えないけれど、日常生活の立ち居ふるまいのはしばしに、「信頼に値する人間か」は表れます。人は人を見ているものだから、些細《ささい》なことにも心をつかえていれば、信頼感がにじみ出ます。心をつかって日常生活を送っているかどうかで、大きな差が出るということです。

　心で考えているかどうかの一番のバロメーターは、返事です。

仕事でつきあう人、個人的にも関わりがある人のなかで、「この人は物事に対してきちんと向き合っている」「この人はすごくていねいに仕事している」と感じる人は共通して、とても快い返事をしています。

返事には声の大きさやニュアンスもありますが、心がちゃんと働いている人の返事は、単なる「はい」がすばらしい。ただ単に「わかりましたよ」ではなく、「本当によくわかりました」「心から承知しました」が伝わってきて、「はい」だけでうれしくなってしまうのです。

たった二文字の「はい」が、ものすごく多弁であり、すべてを語っているような気がします。「あなたを尊敬していますよ」という敬意や「あなたの言うことを受け入れます」というやさしさがこもった「はい」が存在するのです。

翻《ひるがえ》って自分自身の「はい」を顧みると、心をつかって一生懸命やりますと思った「はい」と、ただやりましょうという時の「はい」は、明らかに違っています。

あなたの「はい」は、どうでしょう？

「はい」のかわりに「うん」などと言ったりするのはもってのほか。

「はいはい」と二回言うときはたいてい、「それくらいわかっています」という気持ちがまじっていて、それは相手に失礼な印象を与えます。とっくにわかっていることでも、よく知っていることでも、同じ話を繰り返されても、気持ちよい「はい」を返してじっくり聞く。このくらいの余裕と思いやりがあれば、「はいはい」とは決して口にしないはずです。

自分としては従いたくないけれど、仕方がなく言う「はい」には不遜さがにじんでいて、一緒にがんばろうという雰囲気を損ないます。

かように「はい」とは、すばらしくも恐ろしいものなのです。

思わず感動してしまう「はい」を言う人が、僕が尊敬するメンターのような年上の方のなかにいます。彼らは一定して、いつもすばらしい「はい」なので、心のコンディションも常に整っているのだとさらに感動してしまいます。

彼らは掃除のスタッフに対しても、役職が上の人に対しても同じ態度を取るし、どんな時にも等しくすばらしい「はい」を言う。僕もいつか、尊敬する方々のような「はい」が言えるようになりたいと、毎日練習していますが、なんでもないことだから難しい。それでも、毎日コツコツコツコツ積み重ねていけば、いつかすてきな「はい」が言えるようになると信じています。

声のトーンでもなく、発音でもない。キャラクターによるところもあり、よい「はい」のマニュアルはありません。

自分らしいすてきな「はい」を身につけるたった一つの方法は、「はい」の心を育てること。心をつかって「はい」を言うことです。

「はい」とは、「『はい』と言ったことは最後までやり抜くし、忘れることなく心をつかいます」という宣言であり、約束であり、誓いです。

心で考える人は目立たない

おいしい料理には後味がありません。

どんなに味がしっかりしたものでも、口に残らない。あとから水を飲みたくなることもなく、おだやかにすこやかに、おなかに消えていくようです。

「どんな味だった？」と聞かれて、「激辛で最高だった」「あのバターの使い方が絶品だった」「やわらかい肉でたまらなかった」という答えが出るのは、本当においしい料理ではないのです。

「どこがどうって、普通なんだけれど、とってもおいしかった」

こんなふうに、グルメレポート失格のような答えしか出ないのが、本当においしい料理ではないでしょうか。

心で考える人、心のつかい方の上手な人はおいしい料理に似て、後味がありません。やたらと感動的な言葉を口にしたり、目に焼きつくようなふるまいをしたりしない。

すごい名言も、別れ際のがっちりした握手も、びっくりするような献身も、ぐらぐらするみたいなときめきも、すべては味の濃い料理や分厚いステーキのようなもの。心で考える人は、それとまったく逆で、スパイシーさは皆無です。

特別な言動は何もないけれど、よくよく考えると、一番あたたかくて、自分を愛してくれている。心で考える人はそんな人で、あなたの側にもきっといるはずです。強烈な印象はなく、自分の中にすっと入ってきて、いつまでも忘れられない人。

そんな人を大切にしたいし、自分もそんな人になりたいと僕は願っています。


あなたがもし、誰かにとって「ほんとうにおいしい料理」のような存在になりたいのなら、まずは一人でいる時に心をつかうことです。

たとえば、みんなとお茶を飲んでいる時には、誰しも失礼のないよう注意を払い、その場の雰囲気を悪くしないよう、所作に気を配るものです。

たとえいい話だったとしても、自分の話ばかりして人をさえぎったりはしない。

全員を大爆笑させたいからと、不自然におどけたりしない。同席の人はもちろんのこと、ほかの人の存在も意識し、大声にならないように、がちゃがちゃ音を立てないように注意する。見苦しくないように、身なりも清潔に整えていると思います。

しかし、一人の時はどうでしょう？

心をつかったふるまいをしているでしょうか？

ものの置き方、引き出しの開け方、座り方。誰が見ているわけでなくても静かに置き、そっと引き出しを開け、美しく座っているでしょうか。

特に用心したいのは、ごみの捨て方です。これまでの本でも何度か書いていますが、ごみ箱にどうやって捨てるかは、その人の品性の象徴です。ぽいと投げる人、荒っぽく入れる人、そっと置く人。宝物や必要なものは誰でもていねいに扱いますが、いらないものを処分するときの「手の添え方」に、違いが出てきます。

さらに、ごみとは最初からごみではありません。

たとえば料理をしていて、「生ごみの始末に注意しよう」というのはおかしな話です。すべてはつながっている一つのプロセスなので、調理している時点で無駄がないようにするのはもちろんのこと、買い物に行った時点で「今日は二人分の野菜炒めをつくる。多すぎて余らせてしまわないか」を考えねばなりません。

これはすべてにあてはまる話で、たとえばごみを増やしたくないのなら、ティッシュを無造作に二枚取る癖は改めるでしょう。考えなしにコピーをとることは慎むでしょう。「もったいない」というよりは、「つかわせてもらえてありがたい」と、ものに感謝できるかどうかの問題です。

ひたすらストイックに、「生ごみをこんなに少なくします」というのは、ちょっと違う。何かに特化して意識を働かせると、たいてい歪《ゆが》んでくるものです。「すべてつながっている」という意識を持ち、感謝をもって一つ一つのプロセスに臨む。逆説的ではありますが、心で考えなければ、感謝しながらつながりに思いをはせることはできません。つまり心で考えれば、目立たない、おだやかな所作が身についていくものです。

朝、昼、晩と立ち止まる

「今日の朝練」と称して、毎日料理をする習慣をつくりました。

朝、仕事を始める前に、自分の興味があるものを作ってみようと思い立ったのです。

必ずしも仕事に直結するものではありません。カレーライスの企画のためにカレーライスを練習するのではなく、自分が作りたい、食べたい、興味があるものを、とにかく何でも作りはじめました。

ほうれん草炒め。ガーデンオムレツ。ビーツサラダ。ポテトサラダ。いろんな料理を作っている中で、「ほうれん草の茎はこんなに甘い」と発見したら、それを文章にしてみたり。

一生活者として、「料理の楽しみ」という経験を重ねるための習慣ですが、料理限定ではなく、あるときからデザインの朝練を始めるかもしれないし、撮影技術の朝練に変わるかもしれない。朝練の時間にプログラミングを学ぶかもしれないし、ギターを弾き始めるかもしれません。

自分の技術、スキル、知恵、経験のために時間とお金と心をつかうひととき。それが僕にとっての「今日の朝練」であり、自己投資です。いずれそれらが仕事につながっていくにしても、心をつかった仕事になることでしょう。

朝練、昼練、夜練。時間を決めて何かする習慣を持つと、一日にアクセントができます。忙しさに追われて一日が一瞬で過ぎてしまったり、逆になんとなくだらけて流されてしまい、気づいたら今日が終わっていたり、そんなありさまでは心はつかえません。僕たちはもっと、一日の中で立ち止まる時間を持っていいのではないでしょうか。

朝昼晩、三つの習慣を持てば、一日三回、立ち止まることができます。

たとえば、これも朝やっているので厳密には昼ではないのですが、もう一つの僕の習慣は、会社での使用後のトイレ掃除です。会社が変わってもずっとやっています。

自分の家のトイレというのは汚さないよう気をつけるので、大抵きれい。ところがたくさんの人がつかう会社のトイレは、プロの清掃サービスが入っていても結構汚れているものです。

どんなふうに汚れていて、どう洗えば汚れが落ちるのかは、掃除をしてみないとわかりません。洗剤が必要なのか、それならどんな洗剤がいいのか。心で考えながら一心に磨いていると、たくさんの発見があります。

あまり無理があると習慣として根づかないので、「あいさつの習慣」「気づいた汚れを一つきれいにする習慣」といった具合に、小さなことから朝昼晩の習慣をつくってみるといいでしょう。

「今日はあまり忙しくないな。会社の書棚を整理してみようか」と思い立って片付ける、こんな一日プロジェクトを毎日こなしていくという方法もあります。日常をしっかりと見つめ、くらしに好奇心があれば、いろいろな習慣を作り出すことができます。

晩に何か習慣をつくるなら、「リラックスする習慣」というのもおすすめです。

人は一人になる時間を持つとリラックスできるものだから、一人でウォーキングをしてもいい。喫茶店でコーヒーを飲む、家族が寝てからゆっくりハーブティーを淹れるといったことでもいい。立ち止まって一人になれるひと時を持ちましょう。

心の引き出しが開き、アイデアが飛び出す瞬間はそんなとき。発想力が豊かな人かどうかは、心の引き出しが自分にいくつあるかで決まります。

心の引き出しが一〇あるという人もいれば、一〇〇はあるという人もいます。昼間は心の引き出しを作る時間だとすれば、夜は引き出しを開けてみて、自分がどんな心の引き出しを持っているかを点検しておきましょう。

思いやりを学ぶ

「松浦さんはどうやって書いていますか？」

一緒に仕事をしているスタッフに、聞かれることがあります。「くらしのきほん」というメディアではスタッフも文章を書くのですが、いつもうまくいくとは限りません。悩んだスタッフは、僕に尋ねてきます。

「松浦さんはなんでこんなにわかりやすく、やさしい文章を書けるんでしょう」

質問されたので自分なりに改めて考えてみると、「つねに読み手のことを考えているから書ける」という答えが出てきました。

読む人がどうとらえるか、どう受け取るのかを想像して書く。誰も傷つけないように、誰も悲しまないように、注意して書く。その答えをどんどん自分で突き詰めていくとふと思ったことがあります。

「結局、僕は、自分が愛している人のために文章を書いているんだな」

読んでくれるのが知らない人で、不特定多数の相手だとしても、僕はその人たちのことを愛しています。愛している人に対してどう書くかをいつも心で考えています。

僕にとって文章を書くという営みは、自己表現ではありません。僕という人物を知ってもらう、僕らしさをアピールするために書いてはいません。僕の文章は、ある種の愛し方であり、愛情表現なのです。まるで大好きな人に宛てた手紙のように、この本も書いています。

「だからあなたも同じように、読んでくれる人への愛情表現だと思って書けばいいんです。何か説明しようとか、教えてやろうとか、自分の思いを伝えようじゃなくて、ただ、読んでくれる人たちを愛せばいい」

スタッフにそう話をすると「なんとなくわかった気がします。書き直してみます」と答えました。

愛し方を知らなければ、相手を愛することはできません。そして、愛し方を知っているかどうかは、「これまでの人生でどれだけ愛されたか」で決まります。

親や家族、まわりの大人、友達、恋人から、どれだけ思いやりと愛をもらって生きてきたか。これが愛し上手な人か、愛し下手な人かの分かれ道です。

生まれてから今までの人生でたっぷりと愛された人は、人のこともたっぷりと愛せるし、心で考える習慣もそなわっている。悲しいことに、ほんのちょっとしか愛されていない人は、好きになることはできても、愛することはできない。たいそう残酷で悲しい気持ちになるけれど、僕はそう感じています。愛や思いやりは、心から心へと、循環していくものだから。

こんなことを書くと、憤る人もいることでしょう。

「親から愛を注がれずに辛い育ちをしたら、人を愛せないということか」と。

たしかに、たっぷり愛されて育った人よりも、ハンディがあると思います。しかし、愛されて育っていない人も、自分の力で愛を学ぶことはできます。心で考えるとは、大人が自分で愛を学ぶレッスンでもあるのです。これは難しいレッスンですが、複雑ではありません。

第一に、「自分は愛するのが上手ではない」と知ること。

第二に、とにかく人と触れ合うこと。遠い国の飢えや争いも「他人事」ではなく、自分のこととしてとらえ、心を寄せること。

第三に、心で考え、まわりをよく見ること。相手がしてほしいこと、困っていることを推理すること。

第四に、「自分にできる限り、人を愛してみよう」と決めて、心をつかうこと。思いやりや親切をまわりの人に与えること。

第五に、与えても、何も返ってこなくても与え続けること。

思いやりのやりとりは、愛し愛される経験として自分の中に蓄積されていきます。貯金箱にチャリン、チャリンとコインがたまるようにというよりは、自分の心の器が豊かに広がっていき、そこに温かな水がひたひたと満ちていくような蓄積です。「心は成長しない」と、先に書きました。しかし、心をつかえる人というのは、人に与え、人から与えられて成長していくもので、死んでしまうその時まで、人として成長できるはずだと僕は思っています。

希望のありかとは、自分の中なのではないでしょうか。

いかがでしょう。
あなたの心は満ちていますか？
あなたのくらしは、心で考えながら営まれているでしょうか？

CHAPTER 3 のおさらい

・心で考えれば、くらしの中に新しいやり方が見つかる。便利になり、困りごとが消え、毎日が整っていく。

・固まってしまった心をいつも動かし、ストレッチをし、柔軟にしておく。

・本当に心で学びたいなら「引き算」をすること。常識、当たり前、今までのやり方をやめてみる。

・心のつかい方を間違えると、押しつけがましくなる。自分がはりきったぶん、相手にとってうれしくないものになる場合もあるので要注意。

・「心をつかった贈り物」とは、モノをあげないこと。
・返事は心で考えているかどうかのバロメーター。「はい」の一言にすべてが表れる。
・身近にいる「心で考える人」とは、強烈な印象はなく、自分の中にすっと入ってきて、いつまでも忘れられない人。
・朝昼晩、三つの習慣を持ち、一日三回、ちょっと立ち止まる時間をつくる。
・心で考えるとは、大人が自分で「愛」を学ぶレッスン。

CHAPTER 4

「心」と「頭」のバランスのとり方

頭と心をペアと見なす

僕たちは、仕事でもくらしでも一人の人間としても、つねに心と頭のペアで行動しています。わかりやすくいえば、心と頭がペアで山登りをしているイメージ。単独行ではないのです。

頭は律儀に行程表を眺め、「だいじょうぶ、計画通りのペースで行っている」と情報を分析し、山道のぬかるみ加減をチェックしたり、雲の流れを見たり、気象情報を確認したりして、現状を把握します。頭の機能なくしては、道に迷ったり、とてつもなく時間がかかったりするので、しっかりした頭がいると安心です。

心も一緒に機嫌よく歩いているわけですが、突然、何の問題もないときに「あれ？」と言い出すことがあります。予定通りだし、天気もいいのに、「なんとなく、へんだ」と。

この、心がつぶやく根拠のない「あれ？」が聞こえてきたら、どんなに順調でも立ち止まったほうが安全です。頭に任せて突き進んだら、行き詰まってしまうかもしれない。それどころか、遭難するかもしれないのです。

毎日毎日頑張ったとしても、うまくいかないことはあります。どうにもならないことはいっぱい起きるし、気がついたら間違った道をずんずん進んでしまっていた、ということもあります。

「なんでこんなことになる前に気がつかなかったのか？」
「これまでやったことは、無駄だった」

そう気がついたら、かくんと膝が折れてしまいます。それどころか、二度と歩き出せないくらいのダメージを受けてしまうかもしれません。

「最後までやり遂げる」というのは尊いことですが、絶対ではありません。うまくいかない時は、行き詰まる前に歩みを止める。諦めたり、引き返したり、別の道に方向転換するタイミングを見計らうことも大切です。

「ここでいったんストップしよう」

そう気がつけるのは、頭ではなく心です。

僕たちはなんとなく、「冷静沈着なのが頭で、自由気ままなのが心」というとらえ方をしがちですが、うまくいっていない兆候に敏感なのは、心のほうです。

頭と心はペアなのですから、両方の力を合わせて歩んでいきましょう。僕たちは頭でばかり考えて心をおざなりにしているので、意識すべきは心ですが、だからといって「頭なんていらない」という話ではありません。

心を無視して頭だけで進んでも、うまくいかない。

頭を休ませて心だけに任せておいては、なかなか前に進まない。

頭と心、それぞれの性質をよく理解し、うまく働かせていきましょう。

行き詰まったら「はじめて」に挑戦する

心の「あれ？」という声に従い、立ち止まったものの、別の道も見つからず、引き返す決断もできないこともあります。

僕も「あれ？」をキャッチしたものの、そのまま立ち止まってしまう時があるのですが、そんな時はやったことがないことに挑戦すると決めています。

少し前、心の「あれ？」が聞こえてきた日もそうでした。

「まずいな。このままじゃ、いずれ行き詰まってしまうな」と自覚していたので、僕は生まれてはじめて、ボルダリングをやってみました。

ボルダリングとはフリークライミングの一種で、壁にとりつけた岩や突起に手や足をかけ、最低限の道具しか使わずに素手で登っていくというもの。最近、都内にはボルダリングができるジムが増えているのか、僕も通勤途中にガラス張りの教室を見かけていました。

思い切って中に入り、ビギナー用の一日体験教室に申し込みました。ずっとやりたかったわけではなく、ただひたすら「はじめてのこと」をしたかったのです。

外から眺めているのと、当事者として直面するのとでは何でも大きく違います。ボルダリング教室のカラフルな突起がいくつもついた壁は、じかに見上げればずいぶん高くて、よじ登るのは予想より難しそうです。

「まず、自分で好きなように登ってみてください」

壁との距離の取り方など、基本的なことだけ教えてくれたあと、インストラクターは僕を促しました。子どもに戻ったつもりで突起を摑み、足をかけ、登り始めましたが、途中でどうにもならなくなりました。

「自由に登ってみたけれど、この先は無理です」

落ちても安全なように敷かれているマットの上にぽんと飛び降り、僕は降参しました。すると、なぜ無理なのかについてインストラクターからきちんとした説明があり、二回目は「はい、まずこの出っ張りを摑んで。つぎに右足をここにかけて」という具合に、登り方を教えてもらいました。

言われるままに手足を動かしながら、僕は「子どもに戻ったつもり」ではなく、本当に子どもに戻っていました。

何もわからない。自分ではどうにもできない。ただ受け身になって教えてもらい、未知なることをスポンジのように吸収して、動いてみる。

なにも知らない、すべてわからない。自分らしさを発揮しようにも手がかりすらない。

こんな状態に置かれるとできることはなく、素直になるしかありません。

無心に登っていると、頭も心もリセットされる気がしました。特に、考えすぎてぱんぱんに膨らんでいた頭からふうっと空気が抜けたようで、それはひどく気持ちがいい経験でした。

思えば、ウェブの世界に入ったときも、僕は何も知らなかったので、ごく普通にプログラミングのワークショップに行くだけで子どもに戻り、素直にあれこれ教わり、頭も心もリセットされていたのです。ごく簡単なことが一つできるようになっただけで、嬉しくてたまらないわくわくもありました。

ところが知識が増え、専門的な話にもなんとかついていけるようになると、僕は無防備な子どもではなくなり、頭ばかりで考え始め、行き詰まりそうになってしまったようです。

仕事に限らず、子育てでも趣味でも、何かを続けていけばスキルがついていきます。山にこもって一人でやっているのでなければ、自分のポジションができるし、それに伴う責任も生じます。相手から求められていることに対して返さなければならない責任や、自分の役割を果たす責任に二四時間とらわれているのが、大人のスタンダードとも言えます。

スタンダードだからといって、楽なわけではありません。プレッシャーやストレスはかなりなもので、そのまま続けていたら行き詰まってしまいます。だからこそ、行き止まりにつき当たる前に、意図的に自分をリセットする必要があるのではないでしょうか。

僕の「はじめてのこと」はたまたまボルダリングでしたが、陶芸でも乗馬でもいい。まったくの初心者になって何かを教わることで、自分をリラックスさせましょう。

「はじめてのこと」に挑戦するのは大事なポイントですが、もう一つのポイントは、「行き詰まる手前」でやるということ。本当に行き詰まってしまったら、何かをやる気力もなくなっているので、簡単にはリセットできなくなるからです。

そのためにも自分自身をじっくりと観察すること。心の「あれ？」という声を無視しないことが肝心です。

積極的に自己否定する

体の使い方には誰でも癖があり、右に偏ったり左に偏ったりします。ひとつのところをつかいすぎるというのも癖のひとつで、目ばかりつかってくたびれるといった話をよく聞きます。偏ったつかい方はあちこちに影響を及ぼすので、疲れすぎの目のせいで肩がこり、頭まで痛くなってくるなど、トラブルが広がっていきます。

頭と心も同じように、放っておくとバランスが偏るものです。「どうもしっくりこない」ということは僕にもしばしばあり、そんなときは頭と心のバランスが崩れているので、自分で自分を矯正します。

野球選手は打率が落ちた時、「ピッチャーが強すぎる」とか「監督の指示が悪い」という不平は漏らしません。一人こつこつと、自分のフォームを矯正していきます。それと同じで、うまくいかない自分のコンディションを整えるためには、自分自身を見つめ直したほうが解決への近道となります。

矯正とは、今あるかたちを理想のかたちにつくりかえることです。言葉を換えると、今あるかたちをいったん否定すること。つまり自分自身を矯正するとは、自分らしさを捨て去り、前向きかつ積極的な自己否定をするということです。

積極的な自己否定のやり方は、ごくごくシンプル。

まずは「もっといい自分」になれるように、前向きに「今の自分らしさ」を否定する。

次は「新しい自分の理想のかたち」を思い描く。

そして積極的に、そこに近づく努力をするのです。

積極的な自己否定の三つのプロセスで、いちばん難しいのは前向きに「今の自分らしさ」を否定することです。

人は誰でも自分が可愛《かわい》いし、今まで積み重ねてきた経験、そこから得たスキルはよりどころとなっていて、なかなか否定しづらいものです。しかし、経験というのは過去の自分の意思決定によってできあがったもので、自分自身ではありません。

たとえば、「西に旅するか、東に旅するか」という選択に直面した時、西を選べば「西の旅」という経験をしますが、仮に東を選んだとしても、自分が消滅してしまうわけではありません。「東の旅」という経験をもつ自分になるだけです。つまり、今までの経験やスキルをいったん手放したとしても、自分の意思や志や精神は決して損なわれません。

また、単なる自己否定と自分を矯正するための自己否定の違いも知っておきましょう。単なる自己否定は「自分はすべてだめだ、何の価値もない」と人格を含めた全否定となり、自分で自分を追い詰めてしまいます。

野球のたとえで言えば、「もうお前は打てない。金輪際やめてしまえ」と自分を責めて、叩《たた》きつぶしてしまうのが単なる自己否定。

「今のままのお前では打てない。だから、打てるように今のフォームを変えていこう」と自分の現状をありのままに把握し、改善するのが前向きな自己否定です。

前向きな自己否定をするとは、自分の選択を常に疑い、ちょっとでもおかしなところがあれば、もう一度選択しなおすことでもあります。

「このやり方のほうがいい」と矯正してフォームを変えても、やっぱりうまくいかないこともままあり、そうしたらまた「では、こっちのやり方にしよう」と矯正していきましょう。

僕は前向きな自己否定を続けているので、いつもトライ&エラーです。人より失敗の数は多いけれど、それだけトライしている証拠なので、構わないと思っています。

また、常に細かく矯正していると、ダメージの小さなエラーですみます。さらに、トライすればたとえエラーになっても自分だけのオリジナルの情報が収集できるので、決して無駄にはなりません。

積極的な自己否定が上手くなると、いつでも自分をリセットでき、ゼロからスタートできる。そう信じて、繰り返し矯正しているつもりです。

「人事異動はくじ引きでいい」

僕がメンターにしている経営者が、ある時、こうおっしゃっていました。人の適性をみて部署を決めるのではなく、全社員を混ぜこぜにして、ガラガラポンで配属を決める。そうすると、本当の能力がわかるというのです。

そう聞いた時は、とても乱暴なやり方だと思いました。しかし、彼はこんな話もしてくれたのです。

「能力のある人というのは、何でもできるんです。一流の羊飼いとして暮らしてきた人を草原から連れてきて会社の社長にしても、本当に一流の羊飼いなら、なんとかこなしてしまうものだよ」

それでも僕は訝《いぶか》っていましたが、しばらくして自分もずいぶん大人になり、そのとおりだと腑《ふ》に落ちました。

くじ引きで決めたら、みんなが予想もしなかった仕事、経験のない仕事に就くことになります。年齢やキャリアをリセットし、全員が同じスタートラインに並ぶということです。

そこでごまかさず、自分なりにやっていける人。まったく経験のないところでも心で考えて自分なりに動き出せる人。そんな人は、ゼロからスタートする術を知っているので、何をやっても最終的には上手くやれるのでしょう。

羊飼いが社長になっても。

主婦が先生になっても。

野球選手がシェフになっても。

意思決定の方法や技術は違いますが、すべての基本となるその人の心のつかい方は、仕事の種類で変わったりはしないはずです。


時代の流れが速くなって、年齢や経歴も関係なく、本当に能力ではかられる世の中になってきました。そこでいつでも声がかかるプレイヤーとして生きていくには、つねに自分を矯正し、前向きな自己否定を繰り返しておくしかない。そんなふうに思えてくるほどです。

少なくとも、頭だけつかって知識を溜め込んだり、資格をとったりするよりも、よほど確かな安全ネットになるのではないでしょうか。

勇気ある臆病者を目指す

考えれば考えるほど、バランスがとれた状態というのは「プラスマイナスゼロ」だと思えてなりません。

持っているものをパッと手放してゼロになれる人は、なんでも持てる。右にも左にも偏らない。頭を使って得たこれまでの荷物を全部捨てて、心のままに新たに生きることもできる人はすてきです。

僕が尊敬してやまないメンターの一人は、真摯で賢い事業家です。彼のもとにはいろいろな人やメディアから「ぜひ、話を聞かせてください」という依頼がくるのですが、全部断っているのだそうです。

話していて楽しいし、実に勉強になるから、僕はある時、「たまには引き受けてみたらいかがでしょう。みんな本当にお話を聞きたいと思いますよ」と提案しました。すると、彼は笑って教えてくれたのです。

「僕は言うことがしょっちゅうころころ変わるから、だめなんですよ」

昨日言っていたことと今日言っていることが変わるし、まったく矛盾しているような話もする。もちろん嘘をついているわけでもないし、いい加減な思いつきをしゃべり散らしているわけでもない。ただ、毎日いろんなことに興味を持って、いろんなことを学んでいるから、考えがそれに応じて変わってしまう。そこを指摘されるのは嫌だから、応じられない、と。

彼の説明を聞いて、僕はすてきだと思いました。なんて素直で真摯なのだろうと、ますます尊敬の念がわいてきました。

今の自分が絶対に正しいと思っていない謙虚さ。いつでも自分を疑い、前向きな自己否定をし、新しいことを学ぶひたむきさ。自分らしさにとらわれずに、自分をアップデートできる賢さ。この三つを兼ね備えている証拠だと思ったのです。

自分の意見を変えることは、とても勇気がいります。

人から「いい加減なやつだ」と謗《そし》られるおそれもありますし、誠実でない印象を与える心配もあります。

また、人は自分の意見に執着するものですから、手放すのは怖いことです。でも、考えてみれば、自分の意見というのはすべて仮説に過ぎません。

「きっとこうだろう」と思っているだけで、絶対とは言えないのです。

仮説を立ててそこに向かって行くときには、一生懸命進みながらも、どこかで「この道でいいのだろうか」という疑いを捨てずにいるべきではないでしょうか。

「この道でいいのか？」「この経路でいいのか？」「このスピードでいいのか？」常に疑いを持ち続ける。そして心がささやく、「あれ？」という違和感をちゃんと聞きとめる。そんな姿勢が保たれていれば、頭と心のバランスもとれているはずです。

これはある種の臆病さですが、臆病とは敏感なしるしであり、感受性豊かなしるしです。

「逃げ足の速さというのは長生きのコツ」という言葉があります。

まわりの人に「まだ大丈夫なのに、なんて臆病なの？　慌てて逃げちゃって」と笑われても、いち早く逃げた人が難を逃れることもあります。以前、地下鉄で火災があった時、煙がかなり回っているのに何人もの人が「みんなが逃げないから大丈夫」と思って逃げ遅れた事故がありました。これを心理学では「正常性バイアス」と言うそうです。

発言をころころ変えて、なじられてもいい。弱虫と笑われてもいい。

僕も、勇気ある臆病者になりたいと思っています。

好きと嫌いの「あいだ」をつくる

「この人はなんて能力がないんだろう」とか「このふるまいは失礼極まりない」とか、がっかりする人や言動が許せないという人が、あなたにはいないでしょうか。「こういうところが嫌い」と具体的に挙げられる場合、あなたの頭がその人を嫌っているのでしょう。

また、「いい人だと思うし、特にいざこざがあったわけでもないけど、虫が好かない」という人もいます。「こういうところが嫌い」という具体的な指摘はできないけれど嫌いだという時、あなたの心がその人を嫌っているのかもしれません。

どちらもよくある話です。

理想を言えば、「能力はないし、失礼なふるまいばかり」と頭がノーの判断を下した相手に対しても、「でも、人として好きだよ」と心がイエスを言ってあげるのがいいでしょう。

しかしそれは理想に過ぎず、僕たちの心は神さまみたいにはできていません。頭のノーに対して「賛成。心としても大嫌いで、断固としてノーです」と心も駄目押しをしたり、せっかく頭が「わりと優秀なんじゃない？」とイエスを出しているのに、「なんか嫌なんだよ。ノーだ！」と心が駄々っ子になったりします。

僕が考える現実的な落としどころは、切り捨てないギリギリでキープしておくこと。

頭も判断しない。心も判断しない。両方で判断をやめて我慢するというやり方です。白黒つけずに、好きと嫌いの「あいだ」くらいにその人を置いておくのは、一種の知恵ではないでしょうか。

世の中から非難されるような嫌われ者に対しても、僕は三角にします。ひとたびバツにしてしまうと、関係のないものになってしまうからです。繰り返しになりますが、世の中に関係ないものなんてないのです。

好きと嫌いのあいだの「三角ゾーン」にキープしておくと、「この人は休みの日、何をしていると嬉しいのかな?」と考えられるし、「この人を喜ばせるには、どんなコンテンツをつくったらいいだろう?」と、〝ビジネス上のお客さま〟だと見なすこともできます。すべては接客だと考えれば、どんなに嫌な変な感じの人だと思っても、そこにも何かを見つけださなければいけないし、必ず何かが見つかるはずなのです。

バツにしない限り、その相手に対して心で考えることができます。心を働かせなければ相手を動かせず、解決策は見つからないとも思います。心をつかって接しなければ、相手の心は閉じたままで本当に向き合うことにはならないでしょう。

僕も若い頃は、「マルかバツか」「好きか嫌いか」の世界に生きていました。

そのため、どんな人に対しても穏やかな態度で接する年配の人が苦手でした。彼らは賢いはずなのに、どう見ても許せない態度の相手に対しても、「まあ、なにか事情があるんだろう」とにこにこしている。それが僕にはなんとも歯がゆく思えてなりませんでした。「みんなにいい顔して、曖昧な態度をとって、大人はずるい」とまで思ったこともあります。

しかし今思えば、年配の人は「あいだ」を知っていたということです。好きか嫌いかだけにこだわるのは幼いし、一面でしか物事のクオリティをはかれず、たくさんのことを見逃してしまいます。

僕たちが好きと嫌いのあいだの「三角ゾーン」にキープする相手のほとんどは、目立ったところのない、普通の人たちです。なるほど、その良さはわかりにくいかもしれません。それでもじっくりつきあい、時間をかけてその人を確かめていき、新たな発見をする。この営みそのものが幸せなことだと今の僕は思っています。

すべてにおいて答えがぱっと出る時代だからこそ、時間をかけて理解する「謎」があり、それを解く楽しみを味わえるというのは、最高の贅沢ではないでしょうか。

人に限ったことではありません。ものでも、やり方でも、仕事でも、思想や意見でも同じです。「好き嫌い」や「正しい・正しくない」だけで判断していくと、処理能力が早くなるので頭は進化するかもしれませんが、心は退化していく気がします。

世の中はマルとバツだけではない。三角があるということを知ると楽になります。

「少なくとも人に対しては、マルと三角だけで生きていく」と決めてしまってはどうでしょう。

心で考えるとは、バツをなくすことかもしれません。

心と頭で しっかり謝る

しっかり謝れる人を見ると、「すごいな、ちゃんと心で考えているな」と思います。

失言や失態をした、迷惑をかけた、配慮が足りなかった、傷つけた、怒らせた。誰でも過ちを犯すことはあります。

過ちは必ず起きるものだから、肝心なのはそのときにきちんと「申し訳ございませんでした」と謝れるかどうか。「ごめんなさい」のひと言に、謝罪の気持ちをちゃんとのせられる人がいると、たとえ自分が謝罪を受けている側であっても、「ああ、この人はいろんなことに心をつかってくれているんだな」と、僕は感動します。

謝らなければいけない時というのは、実は見えにくいものです。あからさまに失言、失態をした時はすぐに「謝らないと！」とわかりますが、悪気がないのに相手を傷つけたり、寂しい思いをさせたりして、謝罪すべきなのに気がつかないこともしばしばあります。

相手は「あなたのこのあいだの態度に傷ついた」と言ってくるとは限りません。怒りを見せず、にこにこしているかもしれません。しかし、その顔の奥ではもしかしたら、傷ついているかもしれない。ひっそりと抱え込んだわだかまりが大きくなり、やがて関係が壊れてしまうかもしれないのです。

謝罪すべきかどうかを知るには、心で考えるしかありません。どれだけ想像力が働くかに尽きると思います。

心で考えている人は時として、こちらが気づかないことまで配慮して、謝ってくれます。僕が「なんてすてきだろう」と、びっくりしてしまったのは、ある編集者の謝罪です。

彼は僕より二〇歳は上の大ベテランで、編集の世界では神さまのような人。僕に原稿を依頼したいということで、ホテルのティールームで待ち合わせ、普通に打ち合わせをしました。決めるべきことは順調に決まったし、僕は嫌な思いをするどころか学びも多く、楽しいひと時を過ごしました。

翌日、彼から「昨日はどうもありがとうございました」とお礼のメールが来ました。それだけなら普通の礼儀正しい人で終わったと思うのですが、彼はそこに謝罪の言葉も書き添えていたのです。

「私はうっかりして、飲み物のオーダーをする時、自分のぶんを先に頼んでしまいました。松浦さんに仕事をお願いするために来ている人間のくせに、自分の飲み物を先にするなど絶対にしてはいけないことです。本当に申し訳ございませんでした」

僕は、そのメールを見るまで、そんなことに気づいてもいませんでした。たしかに「ご注文は？」と聞かれて、彼が先に「コーヒーをお願いします」と言い、僕があとから自分の飲み物を頼んだかもしれません。しかしそれは些細なことで、失礼なことをされたという印象は皆無です。

彼の謝罪のメールを読んだ僕が、「そうか、気づかないうちに失礼なことをされていたのか！」などと憤るはずもなく、逆にうれしくなりました。

「そこまで自分のことを考えてくれているんだな。細かいことまで気がつく人だな。

しかも、わざわざ謝罪をするほど、心の気づきを大切にしている。こんな人と仕事をしたら、たくさんのことを学べるだろう」

そんなふうに思ったのです。

普通の人なら「あっ、ちょっと失礼だったかな」と思っても、「まあ、このくらいならいいだろう」と流してしまいます。実際のところ、謝らなくても何ひとつ問題は起きません。

些細なことに気がついて、それをきっちりと謝れるかどうかは、心の働きの表れです。この細やかさがあれば、人にはやさしく思いやりある接し方ができるし、仕事ではていねいで誠実な働き方ができます。その繰り返しで信用が生まれていき、困った局面も切り抜けていけるのではないでしょうか。

その編集者が「神さま」とまで評価される秘密を、垣間見た出来事でした。

謝るべきかどうか気づくのは心の役割ですが、いざ謝るとなった時には、頭でも考えましょう。謝罪は難しいものだからこそ、マナーや定型が不可欠であり、それをマスターするのは頭の役目です。世間の常識としての「誠意ある謝罪の言葉」

「タイミング」「態度」は、きちんと押さえておきましょう。

人にはいろいろな価値観があるため、「私のスタイルはこれ」と自己流の謝り方で押し通すと、相手の価値観と違っていて謝罪したことにならない場合は多々あります。自分の物差しを無理やりあてはめても、万人に合うとは限らない。自分に非がある時は自分らしさを一切排除し、冠婚葬祭のごとく定型を守りましょう。

「それはわかるけれど、あの人とは親しい間柄だから大丈夫」と、甘く見てはいけません。心で考えたお詫びの言葉から始めると、謝りに来たのかおしゃべりに来たのかわからなくなることもあるのです。

どんな間柄であっても、謝罪をするのであれば、けじめをつける。一回はちゃんと手を膝に置いて頭を下げ、必要とあれば土下座するくらいのことは当然です。

ただし、定型だけでは単なるマニュアルになってしまうので、頭で考えた定型の謝罪にプラスして、心で考えた自分の言葉でも謝ること。自分の心の表し方としてふさわしい立ち居ふるまいと言葉を選びたいものです。

頭の謝罪と心の謝罪、どちらが欠けても、相手に伝わるお詫びにはなりません。

頭で考えた定型をベースに、心で考えた自分らしさをプラスする。そこではじめて、謝罪が完結するということです。許してもらえるかどうかは別問題であるということも、覚えておきましょう。

いずれにしろ、お詫びはできるだけ早く。スピーディであるべきなのは、お礼も同じです。お礼と謝罪はいつもセット、頭と心をうまくつかっていきましょう。

今日も明日も頭と体と心を動かす

誰にでも毎週、月火水木金土日がやってきます。それぞれの曜日には、人それぞれの特徴があることでしょう。

スタートの月曜日はだいたい共通としても、火曜日が忙しい人、水曜日にいつも会議がある人、木曜日にジムに行く人。曜日ごとにそれぞれの濃淡があります。

会社勤めをしている大部分の人は、土日が休みです。僕にしてもそうなのですが、このところ、「えっ、休み？　なんで？」と思うようになりました。

「誰が何を根拠に、土日に休むと決めたのか」とすら感じます。

こまめに息を抜けるときに息を抜けば、一週間みっちり働いていてもいい。一生懸命、自分が夢中になることなら、毎日毎日、休まずやってもいいと考えるようになったのです。

お店や公共機関が休むのは、メンテナンスといった必然性があると思うのですが、自分の仕事に関して言えば、休む理由が見つかりません。

なぜなら、僕が休んでいてもウェブサイトは開いており、僕が作るメディアを見てくれている大勢の人がいる。自分は三六五日、一日中接客している覚悟でないと、役目を果たせないと感じるのです。僕は今、年中無休、二四時間営業のお店を経営しているような感覚をもっています。

この感覚が生じた理由は、メディアが休まないから、というだけではありません。仕事のために自分をすり減らして消耗するのではなく、仕事に新鮮なエネルギーをもらっているから、僕は「休まなくていい」と思えるのでしょう。

もちろん働いているのですから、くたびれます。ただし、それはジムに行って一生懸命に鍛え、何か新しい学びをして、身体能力を高めている感覚に近いものです。「あっ、今日はこんなことができるようになった。楽しい!」「先週より持久力がついてきたぞ」

これまで使ったことのない筋肉を使ったり、動かしたことのないやり方で体を動かしたり。最初は「絶対に無理だよ」と思っていたことも、少しずつ、できるようになっていきます。

ジムでトレーニングしたあとの心地よい疲労感は、尾を引きません。念入りにストレッチし、ゆっくりお風呂に入り、おいしい食事を腹七分目ほどいただき、ぐっすり眠るという休息でじゅうぶんに癒えます。決して「明日は一日中ぐたぐたして休みたい」とはならないものです。

これとまるで同じで、仕事の上での心地よい疲労は日々ありますが、土日を休まなければならない類のものではなく、一日のどこかでひと息つければ、何ひとつ問題ありません。

どこにいようと、何をしていようと、僕はあくまで松浦弥太郎というプレイヤーです。

組織に寄りかかるのではなく、人に頼るのでもなく、自分の足で立って、自分を社会に役立てたい。自分という機能や能力を最大限に発揮して、成果を出していきたい。仕事をするとはつまり、社会に貢献することだと思います。

こうして自分の働き方について振り返ってみると、心の働かせ方もまったく同様だと気づきます。

いつもいつも心で考えていたら、くたびれる。そんなことはないのです。

心で考えるとは、ここまで読んでくださったあなたはもうおわかりのとおり、「気をつかう」とか「気配りをする」といった表面的なこととは違います。

呼吸のように基本的な、人としての営み。

精神を強くするための習慣。

自分を高めていくための指針。

新しいチャレンジをするための原動力。

それが、心で考えるということです。

三六五日、一日中、心で考え続けても、毎日一人になってリラックスする時間が三〇分か一時間あれば、じゅうぶんに休息がとれます。

月火水木金土日、一週間、毎日、心で考えましょう。頭をつかうことと心をつかうことのバランスはとれているか、自分に問いかけてみましょう。

仕事の環境や状況は人それぞれです。現実には、僕のような「休みはいらない」という働き方は無理であっても、心を毎日休みなく働かせることは、誰にでもできるのではないでしょうか。

心を休ませないことが、逆に迷っている人、途方に暮れている人にとっては、新しいチャレンジのきっかけになるとも感じるのです。

心で考えれば、新しい道が開けてくる。これまで頭ばかりで考えていたならなおのこと、目の前に広がる見たこともない光景の新鮮さに、息を呑《の》むことでしょう。そしてその道を歩き始めることが楽しくて、わくわくしてくるのです。

心で考える方法、頭と心のバランスをとる方法をいくつか紹介してきましたが、頭と心、両方を支えるのは体です。

苛酷なこと、厳しいこと、思い通りにいかないこと、予測のつかないこと。生きていく上での困難に直面したときは心で考えるしかないのですが、心で考えるための土台は健康です。

いざとなれば二時間ぐらいは走ってどこかに行ける。会社から家まで歩いて帰れる。一日中、立ちっぱなしで頑張れる。そんな体の強靭《きょうじん》さ、自分の体力に対する自信は、そのまま精神力につながっています。

逆に言えば、体調が悪かったり寝ていなかったりすると、物事の判断が正しくできません。心で考えるゆとりもなく、頭で機械のように考えて道を誤ってしまうかもしれません。

だからこそ、体のメンテナンスも忘れずに。アスリートは一日休むと取り戻すのに一週間かかるといいます。頭にしても、つかわなければさびついてしまいます。

毎日毎日、心と頭と体を動かしましょう。

心をつかう「目的」を見つける

この本は、意識して心で考えることを勧めているわけですが、あえて頭をつかったほうがいいことはあります。

数えることができるものについては、心よりも頭をつかったほうがうまくいきます。時間もお金も数えられるものの代表で、どちらも限りがあります。無限ではないから、頭か機械で計算し、効率を意識する——つまり、数字という客観的な目安をもってつきあっていかないと失敗してしまうのです。心だけで考えてお金と時間を使うと、結局、マイナスが出るでしょう。

たとえば、心で考えた「一〇〇万円を困っている人に寄付する」という方法が正しい行いだとしても、自分が一万円しか持っていなければ、借金をすることになるのです。

「困っている人に自分ができることは何か？」を考えるのは心ですが、「そのために、自分が持っている一万円をどう使うか？」を考えるのは、頭の役割だということです。

また、心で考えた「困っている人のために○○をしてあげたい」というアイデアは正解ですが、そのアイデアを実行する時には、頭で考えた時間の計算が必要です。限りある自分の時間を犠牲にして尽くしても、途中でくたびれてしまい、最終的に投げ出すことになってしまいます。また、一生かかってもできないような大きなアイデアを、何の計画もなしにやろうとしたら、中途半端にやさしくして放り出すことになり、少しも相手のために尽くせなくなります。お金と時間と能力をきっちりと計算して実行に移す、ある種ビジネスライクな思考をしなければ、やさしさを相手に届ける行為になりません。

逆に、愛情のように数値化できないものに対して「どう効率よくつかおうか？」と考えるのは無意味です。愛情は無限なので、「子どもを可愛がったぶん、パートナーへの愛情を減らそう」という計算はおかしな話ではないでしょうか。

「自分にできることは無限。自分が使えるお金と時間は有限」

このように覚えておくといいでしょう。

僕たちが頭で考えてばかりになってしまった最大の原因は、時間に限りがあるからだと思います。やることがたくさんあるのに時間がない。だから僕たちは頭で考え、いつも急いで、効率化するようになったのです。

たとえば、「七時までに食事をつくる」となったら、七時までに完成するように効率を考えて料理します。お米を研いで水につけておく前に、野菜を刻んで肉をさっとマリネしておく、というように。

心の働きだけでは、時間どおりにはいきません。これが僕たちの日常であり、悪いことではないけれど、行き過ぎると心で考えなくなり、バランスが崩れるのです。

そこでときどき、時間の制限をとりはらってみましょう。

料理をするなら、時間にとらわれず、ひたすら料理をする。「野菜をゆでている間に、ソースをつくっておく」といった段取りも考えず、心の赴くままに、じっくりとつくっていく。

料理以外のことでも、なんでもかまいません。締め切りを設けず、好きなだけ文章を書く。時間を区切らず、好きなだけ掃除をする。朝から晩まで、好きなだけパンを焼いていてもいい。すっきりするまで、とことん企画を考えてもいい。

こんなふうに時間の制限を外し、効率を度外視すると、純粋に心だけが働きはじめます。

「この料理はどうやったらおいしくなるだろう？」

「この気持ちをどう文章にしていこうか」

「この汚れを徹底的に落とそう」

「ふっくらしたパン、かりっとしたパンをどう作ろう？」

「どんな企画が世の中の役に立つだろう？」

心だけで考えてものごとに取り組むのは、限りなく贅沢な時間です。リラックスできるし、気がすむまでやったあと、「ああ、心をつかったな」という豊かな気持ちになれます。

ところが、僕たちは目的なしで何かをすることが苦手です。苦痛になるし、そもそもやる気になりません。

「なんのために料理をするのか？」がないと、料理をしようと思わないし、作っていても楽しくない。

料理の目的と言えば「おいしいものを食べてお腹を満たすため」と思うかもしれませんが、それは必要性であって目的とは異なるものです。外食でもおいしいものは食べられるし、カップラーメンを食べてもお腹は満たせます。

「自分で作るほうが好き」という人もいるかもしれませんが、それだけの理由で時間をかけてとことんおいしさを追求しようとまでは、なかなか思えません。

「おいしい料理を作って、誰かに食べてもらい、その人を喜ばせる」

その先に人がいてこそ、僕たちは夢中で、時間を忘れて打ち込めるのです。

文章をとことん書けるのは、読んでくれる人がいるから。汚れを徹底的に落とせるのは、それで快適になる人がいるから。おいしいパンを作るために徹夜も厭《いと》わず工夫できるのは、笑顔で食べてくれる人がいるからです。いい企画のために知恵を絞れるのは、その企画が世に出て、人の役に立つからです。

目的のその先に人がいる。それこそ、心をつかう一番の理由です。

なぜかというと、人はそこにしか幸せを見つけられないから。

役に立つこと、ほめられること、必要とされること、愛されること。人が幸せを感じるのは、この四つしかありません。

こう考えると、心をつかう目的とは、幸せになることかもしれません。


さあ、どうでしょう？

あなたは幸せになるために、心をつかえているでしょうか？

心をつかって誰かを幸せにできているでしょうか？

次の日曜日、時間を忘れて誰かのために、何かをしてみませんか？

CHAPTER 4 のおさらい

・心がつぶやく根拠のない「あれ？」が聞こえてきたら、どんなに順調でも立ち止まること。

・うまくいかない時は、「はじめてのこと」に挑戦して自分をリセットする。完全に行き詰まる前にやるのがポイント。

・積極的な自己否定は三つのステップで。①「もっといい自分」になれるよう、前向きに「今の自分らしさ」を否定する。②「新しい自分の理想のかたち」を思い描く。③積極的に、そこに近づく努力をする。

・自分の意見を変えることは勇気がいるが、自分をアップデートする近道となる。

・世の中はマルとバツだけではない。「三角がある」とわかれば楽になる。

・謝罪には頭と心の両方が必要。頭で考えた定型をベースに、心で考えた自分の言葉でも謝ること。

・心で考えるためには、体のメンテナンスも忘れない。

・目的のその先に「人」がいれば、自然に心で考えられるようになる。

・幸せを感じたいなら、この四つを目指す。①役に立つこと、②ほめられること、③必要とされること、④愛されること。

おわりに

僕は、2016年12月をもって、それまで在籍していたクックパッドを離れて、新天地に挑むことになりました。

これまで、日本社会の働き方のスタンダードは、終身雇用であり、定年まで勤め上げるのが、日本人の目指すべき働き方でした。そういう視点から見ると、短い期間で移るのはよくない、と考える方が多いのではないかと思います。また、そういう人が多い企業もよくない、というのがこれまでの主流の考え方でした。

しかし、クックパッドという会社は、これまでの日本の会社の在り方に一石を投じ、自分が活躍できる場所がほかにあるのなら、それこそ常にフットワーク軽くどんどん移るし、会社もそれを留めようとはしない。そういうカルチャーがありました。

自分が間違いないと思っていた、盤石と思っていたことに関してもどんどん変わっていくのが現在の状況です。

そのとき、自分が所属する組織、企業に依存しているとおろおろするのです。自分のライフラインが切られるみたいなことになるからです。

たとえばあした自分の働く場所がなくなったとしても、そういった仮説も立てておいて、すでに受け入れる準備ができている、それも自分にとってはある種の想定内であるというのが、僕の考える身軽さです。

別にそこで駄々をこねたり、権利を主張したりするのではなく、変化が起きるのであればその変化を受け入れて、次のチャレンジなり、次の違う方向なりを見つめる。常にそこで自分が立ち止まることがないようにするのが、とても大事な気がします。自分の能力やキャリアを活用できる方向はどこなのかを自覚しておくべきです。

そのときに自分を理解して、自分をサポートしてくれる人脈も、日ごろからつくっておく。それは意外に言語化されていない、大人としての身だしなみです。

自分が困るようなことは必ず起きる。自然災害も含めて困る状況は必ず起きるから、それもいつでも自分の中では起こり得ることとして準備するのが大事です。

そういうことが起きなかったとしても、そういうふうに準備することにより、自分の仕事や自分のくらしにある種の余裕が生まれるのです。不必要にいろいろなことに敏感にならなくてすむのです。

クックパッドでは、いままで自分が知り得るきっかけがなかった業種の人、コンピュータ・テクノロジーの世界の人たちなど、ものすごく優秀な人と知り合えました。

そういう人たちは皆、会社に集まり、卒業していくスパンがものすごく早い。卒業していきますが、そういう人たちは会社に依存していません。たまたまいまはそのチームに入っているけれども、別に場所を移せばいくらでも同じポテンシャルを発揮することができる人たち同士なので、会社を辞めても人間関係は切れないのです。

普通は会社を離れると、もといた会社の人たちとはしっくりこなかったりします。でも、たとえばフェイスブックなどで友達になっていると、会社という組織の縛りはほとんど関係ないことに気づかされました。

これは、まさしく本当に就職しているのであって、就社しているわけではないということです。

なんらかの理由で会社を辞めることに、だれも驚きもしない。違うやりたいことを見つけたんだなとか、もっと自分を活用できる場所が見つかったんだなということで、辞めることにネガティブなイメージはまったくない。いまいるところがいやで辞めるというのではなく、自分をもっとキャリアアップできるところが見つかったんだなというだけの話なのです。

僕がクックパッドを出てどこかで働いていても、クックパッドで知り得た仲間たちとのコミュニケーションというかネットワークは切れることがありません。ただ、通う場所、自分のデスクが変わるだけの話です。僕はそういうとらえ方をしています。

次の仕事がいわゆるウェブメディアではないとしても、僕ができることはウェブだろうが印刷媒体だろうが、人に喜んでもらいたい、なんらかのメディアをつくることなので、デバイスやスケールが変わるだけで、そんなに業種も変わりません。『暮しの手帖』からクックパッドに移ったときは、自分にもけっこうな覚悟があって「エイッ」という感じもあったし、まわりも「わあーっ」と驚くところはありましたが、クックパッドを出てまた新しい仕事をすることに関しては、不思議に自分の中でそんなに衝撃はないのです。

それは別に心ここにあらずということではなくて、ワークスタイルとして、いまはそれがスタンダードと自覚しているからではないでしょうか。

さらに、古いタイプの人間ですと、「『暮しの手帖』の松浦弥太郎です。よろしく」「『クックパッド』の松浦弥太郎です。よろしく」と言うのが身についています。ところが、いま僕は自分の所属を言うことはほとんどありません。肩書や所属を言わなくても、自分が社会の歯車の一つとして成立できているのが一つの理想だし、そういう自分の存在感を築くことが大事だと思います。

肩書がないとだれも会ってくれないとすると、これからの社会で生きていくのは厳しいのではないかというのが僕の実感です。

いまは、そういういままでなかった感覚の入り口、始まりだと思うのです。いまの世の中の働き方の状況において、次に自分が新しく取り組むことというのは、何かが途切れてもう一度というよりも、会社が変わっても延長線上にあるような気がします。ただ、その感覚を持てるか持てないかでは、差が大きいのではないかと思います。

優秀な人ほどそういう感覚を持てるので、これからの企業なり組織は、どうやってそういう人の働き場所を用意できるかがポイントになります。

これは当然のことですが、やはり仕事は人だと僕は思います。人が一つの場所に集まってきて、すぐ仕事をできる、ということは本当に重要です。なぜかというと、いまはみんながそのぐらい身軽だから。ぱっと移ることに関して何もストレスを感じないほどだから。

そのためにも、この本で言っているような心のつかい方とか、自分自身の心の才能のようなものを伸ばしていき、心の才能の質を高めていくことが重要だと考えています。

「あなたがうれしいことではないし、あなたにとってすてきなことではない。読者にとってうれしいことなのか、読者にとってすてきなことなのか。それをいつも心で考えなさい」

僕に繰り返し教えてくれたのは、暮しの手帖社の創業者、大橋鎮子《しずこ》さんです。彼女が話してくれたことは、いろいろありますが、一番よく言っていたのは、心で考えなさいということでした。「読者がうれしいかどうか」をつねに口にし、それを二四時間考えている人でした。

文章を書くにしても、頭をつかって書いている限り、読者にとってうれしいものにはならない。人の心に届く言葉にはならない。頭で書いた文章は、文字がある景色でしかない。

「へえ、読んでみよう」と思ってもらえるかどうかは、それが心をつかって綴られた文章かどうか。読んだ人が忘れられないのは心で書かれた文章であり、うまい下手とは関係がないものだ。

そんな教えを、鎮子さんにいただいた気がしています。

家長として家族を支え、経営者として社員を支えた鎮子さんですから、五〇代ぐらいまでは、やはり頭をつかう部分も多かっただろうと想像します。

しかし僕が『暮しの手帖』の編集長になった時、彼女はすでに八〇歳を超え、一線を退いていました。お金と時間を頭で考えるしがらみから解かれ、本来の心で考える環境に戻ったのだと思います。

もう引退しても許されるのに、毎日毎日会社に来て、関係者に手紙を書いたり、にこにこしながらみんなに話しかけたり。会社を本当に愛していました。

もともと多弁ではなく、お説教がましさもない方です。「教える」というより「見せる」。こちらがしつこく聞いて、やっと何か教えてくれる人でした。

鎮子さんの存在そのものに、僕はいろいろ刺激を受けたし、学んだと思っています。

鎮子さんは読者に尽くし、自分の人生を読者に捧げました。

贅沢もせず、質素な家に住み、いつも同じ服を繰り返し着ていました。ただ仕事があり、『暮しの手帖』があることが、鎮子さんにとっての深いよろこびであり、幸せだったのでしょう。

いつ、いかなるときでも、どんなに忙しくても、読者が会社に訪ねてきたら、

「どうぞ、どうぞ。せっかく来たんだから入ってください」と迎え入れたというのも、『暮しの手帖』が彼女にとって単なる生計を立てる術ではなかったしるしです。

聞いた話ですが、昔はお金がないという読者が、「『暮しの手帖』に行けば、ごはんぐらい食べさせてくれるんじゃないか」と身を寄せることもあったそうです。

なぜ、そんな人がいたのか？

それは、鎭子さんの心の働きが、きっちりと誌面に表れ、読者がその心をそれぞれの心で受け取ったからではないでしょうか。

鎭子さんのことを思い出すと、心をつかうとは尽くすことだと気づかされます。尽くすという無償の行為を、自分の人生で体現した彼女は、僕にとってすごく大きな存在です。

心をつかって尽くすとは、無私のお坊さんのような人格者になることではありません。感情がたっぷり詰まった心を動かすのですから、大いに喜ぶことも、涙することもあっていい。

鎭子さんも決して穏やかなだけの人ではなく、愛しい人間らしさをたくさんもっていました。

心をつかって尽くすとは、どういうことだろう。
自分らしさを超えてとは、どういうことだろう。
僕はこれからも、このテーマについて、心で考え続けたいと思うのです。
たぶんこのテーマこそ、大橋鎮子さんが松浦弥太郎にくれた宿題なのでしょう。

さあ、どうでしょう？
あなたの宿題は、見つかりましたか？
あなたの心で考えてみましょう。

二〇一七年春

松浦弥太郎

解説

佐々木俊尚

松浦弥太郎さんとわたしは「ＳＵＳＯＮＯ（スソノ）」というコミュニティを共同で運営している。ゲストを呼んで皆で集まってトークイベントをしたり、オンラインでさまざまな質問に答えたり、時には一緒に山に登ったり料理をしたり。そういう活動をしている少人数のコミュニティだ。山頂を目指して脇目もふらずのぼっていく登山より、緑いっぱいで動植物がたくさん生息している山麓《さんろく》の方が豊かで楽しいよねえ。そういう意味合いでＳＵＳＯＮＯと名づけた。会員たちと、富士山の五合目までバスで行ってそこから富士吉田まで歩いて下る「富士下山」を楽しんだこともある。山の楽しみはいろいろなのだ。

ＳＵＳＯＮＯでは、年末になると松浦さんとわたしが二人で語り合うトークをおこなうのが恒例だ。パンデミックの渦中にあった二〇二〇年の暮れも、やっぱり二人で語り合った。そのときに会員のひとりから、こんな質問があった。「落ち込みループに入ってしまうことがあって、そうなるとなかなか抜けられないことが多いんです。どうすれば落ち込みループから抜け出すきっかけをつくることができるでしょう？」

松浦さんとわたしは会員からいろんな質問を受けて、その都度それぞれが答えるのだけれど、同じ回答にならないことが多い。根底の世界観は共通しているように思うし、「考え方が近いなあ」と感じることも多いのだけど、そういう考え方を具体的に実行するためのアプローチはけっこう異なっている。

ところがこの「落ち込みループ」の質問へのふたりの回答は、まったく同じだった。それは「朝にランニングすること」。

前の日にどんなに面倒なこと、嫌な体験があって寝覚めがよくなくても、とりあえずわたしは這《は》うようにしてでも近所のスポーツジムに行く。ウェアに着替えてイヤフォンを耳に装着し、最近のシティポップとかを聴きながら三十分走る。汗を流してシャワーを浴びてすっきりしてジムの外に出てみると、びっくりするぐらいに「嫌な感じ」は消えている。なんでもうまくやっていけそうな気持ちになって、多幸感にあふれながら帰路につく。

松浦さんも本書でやっぱりこう書いている。

「ジムでトレーニングしたあとの心地よい疲労感は、尾を引きません。念入りにストレッチし、ゆっくりお風呂に入り、おいしい食事を腹七分目ほどいただき、ぐっすり眠るという休息でじゅうぶんに癒えます」

これこそが日常の健全さ。わたしはこういう考え方が、二十一世紀のいまを生きるためのたいせつな処方箋であると思っている。

古代ローマの詩人のものとされる「健全な精神は、健全な肉体に宿る」という有名な一文がある。しかしこれは「健全な精神は、健全な肉体に宿るべきである」という原典がまちがって伝えられたものだとされて、「肉体が健全でも精神が健全じゃない人はたくさんいるじゃないか！」と反論されるようになった。精神の気高さと肉体の健全さは別物だと捉えられ、昭和のころには「無頼派」と呼ばれるような無軌道で破滅的な生き方がカッコいいと思われていた時代もあった。しかし今になって振り返ってみると、当時の無頼へのあこがれというのは、長い人生が退屈で平凡だからこそ、そこから外れていくアウトサイダーに魅力を感じていたということだったのだと思う。二十一世紀に入って日本からは終身雇用や年功序列が失われるようになり、人生の先行きはずいぶん不透明になった。漫画「クレヨンしんちゃん」のサラリーマン一家の生活ぶりは以前は「退屈で平凡」だと思われていたが、今では勝ち組に見えるようになり、「サザエさん」の磯野《いその》家は東京世田谷に一戸建てを構える富裕層じゃないかと皮肉られる時代になってしまった。

そういう不安な時代に、なにを支えにして生きていけばいいのか。そういうことがいま問われている。松浦さんはこう書いている。

「頭と心、両方を支えるのは体です」

「苛酷なこと、厳しいこと、思い通りにいかないこと、予測のつかないこと、生きていく上での困難に直面したときは心で考えるしかないのですが、心で考えるための土台は健康です」

体を健康に保つということが、大きな支えになってくれるのだ。勤めている会社だけに頼るのでもなく、日本人であるという愛国心に安心するのでもなく、自分自身の心と体を大事にし、それに依《よ》ることなのだと思う。

縦走登山に向かう朝に、わたしは重く大きなバックパックを背負って自宅を出る。バックパックの中にはテントとシュラフ（寝袋）、ガスコンロ、それに三日分ぐらいの食料がぎっしりと詰まっている。ショルダーベルトが肩に食い込み、とても重い。重いのだけれども、なんとも言えない安心感があると感じる。説明しづらいけれども、その安心感というのは「いまバックパックの中に入っているモノたちがあれば、何が起きてもしばらくは生きていけるだろう」というような依拠感だ。

わたしの知人の猟師は、二〇一一年の東日本大震災で自宅が大きく揺れたとき、ロッカーに入れてあった猟銃を思わずつかみ出し、握りしめながら「これがあれば何があっても大丈夫」と心に言い聞かせたと言っていた。かりに文明が壊滅しても、狩猟の能力があれば、しばらくは生きていける。

二〇二〇年にコロナ禍が起きたとき、私はこれからのライフスタイルが新たな変化を迎えるのではないかと考えた。具体的に言えば、ミニマリストからプレッパーへの回帰という変化である。ミニマリストというのは衣類も電気製品も最小限しか持たず、まるで不動産屋の物件写真のようなガランとした家に住む生活を選ぶ人たち。家の中にはなにもないが、近所のカフェやコンビニ、スーパーを活用し、街全体を自宅のように捉えるという考え方である。しかし災害やパンデミックが起きると、そもそも流通さえも破壊されてしまうので、ミニマリストは成り立たなくなる。

いっぽうでプレッパーというのは、なんでも備蓄する人たちのことだ。アメリカのゾンビ映画などには、自宅に地下室をつくって食料品や銃、弾薬などを大量に備蓄しているような人たちが登場してくることがある。あれがプレッパーだ。

とはいえ食料品を備蓄しても、災害や戦争やゾンビには対応できるかもしれないが、人生設計が立たない時代の生き方にはあまり役に立ちそうもない。だから二十一世紀のこの日本でプレッパー的な生き方を再構築するとしたら、それは食料やモノの備蓄ではなく、自分自身の心や体のなかに、あらゆる状況に対応できる姿勢を持つということだとわたしは考えている。心と体のプレッパーなのだ。

自分自身に内包された生命力を大事にすれば、それはどんな状況でも生き延びる力にできる。松浦さんはこう書いている。

「いざとなれば二時間ぐらいは走ってどこかに行ける。会社から家まで歩いて帰れる。一日中、立ちっぱなしで頑張れる。そんな体の強靭さ、自分の体力に対する自信は、そのまま精神力につながっています」

目の前の仕事をこなせるというような実用的な能力ではなく、松浦さんが言っているのはもっとプリミティブな力だ。会社や社会体制に自分を順応させることによって得られるのではなく、人間のもっと根源的なところにその力はあるのだと思う。そのような力は、どうやったら身につけられるのか。

ランニングをしたり身体を鍛えたり、健康な食事をしたりということはもちろん大事だけれど、松浦さんはもっと大事なことを本書で書いている。その言葉を引こう。

「引き算していくことで価値観がリセットされ、当たり前と思っていたものから、新たな発見がある。この営みによってセンスが研ぎ澄まされ、豊かさにたどり着ける。僕にはそう思えてならないのです」

リセットするということ。つねにゼロに立ち返るということ。これなのだと私も思う。

リセットの必要は、あらゆる場所に潜んでいる。たとえば本書には、ウィンナーのケチャップ炒《いた》めのエピソードが出てくる。「ケチャップ炒め」だから、フライパンでウィンナーとケチャップを炒めなければと思うけれども、そうすると熱いケチャップが散る。でもよくよく考えてみれば、ケチャップ味にするには必ずしもケチャップをフライパンで熱する必要はない。別に用意したボウルにケチャップを入れて、そこに熱々のウィンナーを素早く混ぜる方法でもいい。実際にそうやって作ってみたら、「はたしてそれは、びっくりするほど、おいしかったのです」と松浦さんは書いている。

ささいなエピソードだと受け止める人もいるだろうが、わたしは生活のあらゆる場面でつねに問い直すってことがすごく大事なことなのだと思う。それは生活だけでなく、仕事も生き方も、人生のあらゆる場面でということなのだ。

二十一世紀に入って人生の先行きが不透明になっただけでなく、「近代」と呼ばれていた時代の枠組みが終わり、テクノロジーも進化して、二十世紀の常識がことごとく覆されつつある。

たとえば人工知能やロボットなど高度なテクノロジーは、わたしたちに「人間にだけできることって何があるのか?」という本質的な問いを突きつけてきている。テクノロジーによって雑用や面倒な作業から人間が解放されれば、それは単に労働が楽になるだけなのではない。人間にしかできないことだけを人間は求められるようになるということでもあるのだ。

　そういう問いをつねに考える。それはわたしたちの生のあらゆる場面におよぶ。それがリセットであり、ゼロに立ち返るということなのだと思う。熱いフライパンにケチャップを入れるのかどうか問題は、実はこういう地平につながっている。

　そのようにゼロに立ち返るためのヒントを、松浦さんはごく日常的な視点にまで引き下ろしてわたしたちに教えてくれているのだと思う。


（ささき・としなお　作家／ジャーナリスト）

本書は、二〇一七年一月、講談社より刊行されました。

本文デザイン／櫻井久＋鈴木香代子（櫻井事務所）
取材協力／青木由美子

集英社文庫

「自分《じぶん》らしさ」はいらない　くらしと仕事《しごと》、成功《せいこう》のレッスン

2021年3月25日　第1刷　　定価はカバーに表示してあります。
2023年6月6日　第3刷

著　者　松浦弥太郎《まつうらやたろう》

発行者　樋口尚也

発行所　株式会社　集英社
東京都千代田区一ツ橋2-5-10　〒101-8050
電話　【編集部】03-3230-6095
【読者係】03-3230-6080
【販売部】03-3230-6393(書店専用)

印　刷　中央精版印刷株式会社　株式会社美松堂

製　本　中央精版印刷株式会社

フォーマットデザイン　アリヤマデザインストア　　マークデザイン　居山浩二

ISBN978-4-08-744224-3 C0195